中华先锋人物
故事汇

吴天一

雪域高原上的生命守护人

WU TIANYI
XUEYU GAOYUAN SHANG DE SHENGMING SHOUHUREN

毛芦芦 著

图书在版编目（CIP）数据

吴天一：雪域高原上的生命守护人／毛芦芦著．—南宁：接力出版社；北京：党建读物出版社，2024.6
（中华人物故事汇．中华先锋人物故事汇）
ISBN 978-7-5448-8631-4

Ⅰ.①吴…　Ⅱ.①毛…　Ⅲ.①传记小说–中国–当代　Ⅳ.①I247.5

中国国家版本馆CIP数据核字(2024)第095614号

吴天一——雪域高原上的生命守护人
毛芦芦　著

责任编辑：李雅宁　杨　艳
文字编辑：马志远
责任校对：高　雅　杨少坤
装帧设计：严　冬　　美术编辑：高春雷
出版发行：党建读物出版社　　接力出版社
地　　址：北京市西城区西长安街80号东楼（邮编：100815）
　　　　　广西南宁市园湖南路9号（邮编：530022）
网　　址：http://www.djcb71.com　　http://www.jielibj.com
电　　话：010-65547970/7621
经　　销：新华书店
印　　刷：北京科信印刷有限公司
2024年6月第1版　　2024年6月第1次印刷
787毫米×1092毫米　32开本　　5印张　　71千字
印数：00 001—10 000册　　定价：25.00元

版权所有　侵权必究

质量服务承诺：如发现缺页、错页、倒装等印装质量问题，可直接联系本社调换。
服务电话：010-65545440

目 录

写给小读者的话·················1

爱讲故事的小男孩···············1

迎接新生····················9

娃娃兵·····················17

离别的鸡蛋···················25

扎根青藏高原··················33

家庭团聚····················39

跟高原病较一辈子的劲············47

青藏高原上的好曼巴·············57

吴天一"失踪"记···············65

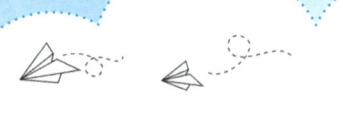

雪山上的较量 · · · · · · · · · · · · · 73

第一个人体试验者 · · · · · · · · · · 83

马背上的院士 · · · · · · · · · · · · · 91

十四万筑路大军的"保护神" · · · · 99

擅长医学的"语言学家" · · · · · · · 107

驰援玉树 · · · · · · · · · · · · · · · · 117

一部八斤重的书 · · · · · · · · · · · 125

桃李满天下 · · · · · · · · · · · · · · 133

感动中国,步履不停 · · · · · · · · · 141

写给小读者的话

他是塔吉克族的儿子,是来自帕米尔高原的雄鹰,是雪域大地的赤子、青藏高原的骄子,是藏族人民心目中的好曼巴(好医生),也是青藏铁路十四万筑路大军的"保护神"。

他是野外调查的"特种兵",是征服医学高峰的"攀登者"。

他更是我国高原医学事业的"拓荒者",他就是青海省心脑血管病专科医院原研究员、中国工程院院士吴天一。

吴天一是他的汉文名字,他还有一个塔吉克族名字——依斯玛义·赛里木江。

吴天一,正如他的名字的寓意,他在离天最近的青藏高原，终一生，做一事。

半个多世纪以来，他一直奋战在青藏高原第一线，一生与高原病打交道，每天不是深入高原现场实地调研，就是进入高低压综合氧舱做实验。他为高原医学研究倾注了全部的心血。他为青藏铁路的建设者提供了零死亡的健康保障，创造了十四万筑路大军在长达五年的建设中无一人因高原病死亡的奇迹。

他的学说，他的研究，最终使他在低氧生理和高原医学上取得重大的、系统的、创造性的突破，他成为高原医学的开拓者，成为让青藏高原医学独步于世界高原医学研究领域的领头羊。从热血青年到耄耋老人，吴天一的一生，因为自己的抉择和坚守，因为自己的努力和拼搏，因为自己的执着和奉献，成了一个传奇。

半个多世纪以来，他迈着矫健的步伐攀上了青藏高原的一座座峰峦，一次次身处险境，一回回以身作则，一遍遍从失败中爬起，披肝沥胆，用生命为青藏高原的医学写下了一篇篇举世瞩目的宏文。

"感动中国"评选活动组委会如此评价他:"喝一口烧不开的水,咽一口化不开的糌粑,封存舍不下的亲情,是因为心里有放不下的梦。缺氧气,不缺志气!海拔高,目标更高。在高原上,你守望一条路,开辟了一条路。"

他自己,则笑着轻轻说:"我这一生,只做了一件事——高原医学研究。我把自己的一生,都献给了青藏高原。要是有来生,我还愿意这么做!"

他为人民服务的初心、矢志报国的信念、求实进取的追求和甘于奉献的品格,为年轻一辈树立了榜样,永远值得我们学习。

爱讲故事的小男孩

"咱们塔吉克族又诞生了一只小雄鹰!"一九三五年[①]六月二十五日,在新疆维吾尔自治区伊犁哈萨克自治州的伊宁,一个英俊可爱的塔吉克族小男孩呱呱坠地了。父亲兴奋地抱起小男孩,激动地喊着。因为他们老家在喀什地区塔什库尔干塔吉克自治县,这里的塔吉克族人祖祖辈辈生活在帕米尔高原上,雄鹰是他们最崇拜的动物,所以父亲希望这个男孩能成为雄鹰般的英雄。

可是,这个名叫依斯玛义·赛里木江的男孩小时候却很调皮,常常惹得父母生气。

---

① 一说一九三七年。——本书脚注若无特别说明,均为编者注

依斯玛义·赛里木江是个很聪慧的男孩,七岁时刚上小学便因优异的数学成绩直接跳到了二年级。可是,他语文不大好。不过,他讲起故事来却是一把好手,常常给同学讲老家石头城的故事。

"我们老家塔什库尔干,就是'石头城堡'的意思。那里真的有一座石头城建在丝绸古道上,距今已经有两千多年了。传说古时候有个国王,想在高山峻岭间修建一座宫室,供南来北往的商队歇歇脚,但地势太高,无法修建。后来有一位很聪明的老人告诉他一个办法:让全国的百姓排成行,从塔什库尔干河一直排到阿甫拉西雅布山上,大家一起采挖和传送石块。经过四十个昼夜的奋战,他们运来了足够的石头。接着,百姓们又在山下挖土和泥,将它们一桶一桶地传递到高地上,经过四十个昼夜的努力,运来了足够的泥土。又经过四十个昼夜的修筑,一座宽敞宏大的宫室就建成了。这就是石头城的来历,从破土动工到建成一共只用了一百二十天,堪称'伟大的奇迹'。这石头城呢,成了我们中国的三大石头城之一,连去西天取经的唐僧,就是孙悟空的师父,都去过呢!还有西方著名的旅行家马可·波罗也去过。你们说，我们的石头城厉不厉害？"

"厉害！""厉害！"同学们都听得津津有味，纷纷冲他喊，"可以再讲一个故事吗？""再来一个！""再来一个，依斯玛义·赛里木江！"

"好，那就再来一个。正好呀，我们那里除了石头城，还有个公主堡呢！"依斯玛义·赛里木江被同学们一夸，又兴致勃勃地给大家讲起了公主堡的故事。

"传说啊，很久很久以前，我爸爸说那时大概是汉朝，有一位汉族的公主要嫁到波斯。可当送亲的队伍途经我们老家那边时，突然跳出一伙土匪，想抓公主回去当压寨夫人。公主的卫队和迎亲的使者为了保护公主，就找到一个山岗，让公主安住在上面，四周都是悬崖峭壁，公主每天吃的饭要专门用一根绳子吊上去。过了不久，土匪被打跑了，护亲使者恭请公主重新启程，这时却发生了一件怪事——公主居然已怀上小宝宝了。奇怪的是，这件事连公主自己也说不清楚。听公主身边的侍女说，公主在山顶的时候，每天都会有一个王子，骑着金马,从太阳中冲下来,到山上和公主相会。原来,公主肚子里的孩子是太阳的孩子啊,就是'汉日天种'。结果,波斯方面不能接受这件事,而嫁出去的姑娘如同泼出去的水,公主也不能回汉族娘家去了。忠心的卫士只好选择就地安营扎寨,在山顶上筑了一座'公主堡',大家让公主当了女王。第二年,公主生下一个相貌堂堂的男孩,这就是我们的祖先。这件事,在孙悟空的师父唐僧的笔记里还记载过呢!"

是的,依斯玛义·赛里木江说得没错,这美丽传说里的公主堡,其实是真实存在的。塔什库尔干塔吉克自治县县城以南约七十公里处有一个明铁盖峡谷,它位于古丝绸之路咽喉地段。公主堡坐落于其中一座海拔四千多米的高山上,是我国目前所知的最高的古代城堡之一。

这个爱讲故事的塔吉克族小男孩依斯玛义·赛里木江出生在书香世家,爸爸是部队里的文官,妈妈是小学老师。其实,妈妈的老家也是一座全国闻名的"石头城"——南京。爸爸妈妈很有文化,都很爱看书,在这种环境的熏陶下,依斯玛义·赛里木江从小就比一般孩子见多识广，肚子里装了不少故事呢！

这么个聪明可爱又调皮的依斯玛义·赛里木江，每年最期待的事情，是过古尔邦节。

塔吉克族人的节日不少，有迄脱乞迪尔节（扫除节）、肖贡巴哈尔节、祖吾尔节、播种节、塔吉克灯节、肉孜开斋节等，他们也和回族、维吾尔族、哈萨克族等少数民族一起过共同的节日——古尔邦节，也叫宰牲节，时间定在伊斯兰教历的十二月十日。

过节前，家家户户都要把房舍打扫得干干净净，还要制作各种糕点，大家一起吃牛羊肉，一起热热闹闹地唱歌跳舞。节日期间，还会举行叼羊、赛马、摔跤等比赛活动。这个节日，有的吃，又有的玩，到处都搭着鲜艳的帐篷，人们喜笑颜开，别提多开心啦，所以这是小依斯玛义·赛里木江最爱的节日之一。

不过，他每次过节，都会心疼那些被宰杀的黑眼睛白羊羔。塔吉克族人过古尔邦节，跟新疆其他各民族过古尔邦节是大同小异的。"大同"之处就是时间、风俗都差不多；"小异"之处，就是每户塔吉克族人家都会在产羔期选出一只眼睛乌黑、羊毛雪白的小羊羔，为这只小羊羔做上标志，作为来年古尔邦节的"祭品"。当这些洁白的黑眼睛羊羔被献祭时，它们的眼睛还要被涂抹得非常漂亮，就像新娘子出嫁要被精心打扮一番一样。

每次，看见那么美丽可爱的羊儿被宰杀，依斯玛义·赛里木江的眼里都会暗暗噙着泪花。

"这孩子心地这么善良，人又聪明，长大后肯定大有作为！"塔吉克族的乡亲们都很喜欢小依斯玛义·赛里木江，有些老奶奶就这么夸他。

"他就是只皮猴子，整天不得闲，还指望他长大干大事？"面对别人对自己儿子的夸赞，小依斯玛义·赛里木江的妈妈常这么回答。

是啊，刚刚上学的小依斯玛义·赛里木江，还真是只皮猴子，尤其在语文课上，屁股就像擦了油，常常钻到桌子底下去玩。

他个子本来就小，又是直接读的二年级，是同学们眼里的小不点。面对这个常常消失的小不点，语文老师只能摇头，去他妈妈那里诉苦告状。

这不，二年级期末考试，他的语文成绩居然没及格，气得妈妈呀，打了他屁股一顿，问："以后读书要不要用功？你要不要好好学语文？"

"要的，要的！"小依斯玛义·赛里木江大声回答妈妈，可是，心里却并不服气，又嘀咕着，"我不是数学高手吗？学语文，我就是提不起兴趣，有什么办法呢？"

结果，这番话被妈妈听见了，他的耳朵被妈妈扭得更痛了。

"哎呀，哎呀……"他的小妹在一旁学着哥哥的样子，故意"痛苦"地叫唤着。

依斯玛义·赛里木江看到妹妹调皮的样子，忍不住从妈妈手里挣脱出来，去追妹妹。妹妹大叫起来："妈妈，哥哥要打我！"

妈妈看着儿子，既好气又好笑地冲他直摇头。

谁能想到，就是这么个捣蛋鬼，后来却真的成了令塔吉克族人骄傲的雄鹰，成了我们中华人民共和国塔吉克族人的第一位工程院院士，也是青海省第一位院士！

他的转变，其实跟妈妈的教育是分不开的……

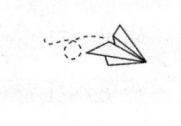

迎接新生

依斯玛义·赛里木江九岁时跟爸爸妈妈去了南京。爸爸妈妈商量着，给他取了一个大气磅礴、富有哲理又特别简单好写的汉文名字——吴天一。

这时的小天一，还是跟在新疆伊宁时一样，多动，好动，像只皮猴子。

吴天一的爸爸在部队做小职员，而妈妈失业了，成了家庭妇女。家里的生活，突然变得艰苦起来。

妈妈鼓励他去考国立中央大学附属中学（今南京师范大学附属中学，以下简称附中），因为只要考上这所中学，学杂费、食宿费等一切费用，都由学校全包，这无疑是减轻家庭负担的最好办法。

虽然吴天一的数学出类拔萃,但语文一直是他的"短腿"。他对自己没那么大的信心。

妈妈把吴天一叫到身边,耐心开导他:"我们家庭条件不太好,考上附中既能减轻家庭负担,也能为你以后发展提供很好的平台。一两千人报考附中,录取名额只有一百个,竞争很激烈,但我相信你有能力考上。"

为了减轻家中负担,在妈妈的鼓励下,吴天一决定报考附中,并发誓:"我一定好好努力,一定考上附中!"

"我发四(誓),一定好好努涅(力)……"妹妹学着哥哥的话,因为换牙的缘故,她说话有些漏风。

吴天一笑着看向妹妹,眼神里满是坚定。

为了学好语文,他常常整篇整篇地背文章。他记忆力好,几乎过目不忘,很快,语文成绩就有了很大提升。

第二天就要进考场了,晚上,他依然在背语文课文。

终于,吴天一考上了附中,考试前背的那篇课文，居然被用上了，他觉得很幸运。其实，这是功夫不负有心人啊！

他们家当时住的房子很差，当他考上附中的喜讯传入妈妈耳中时，妈妈还不相信呢！邻居们也不信，说："鸡窝里怎能那么轻易飞出金凤凰？"

可是，这是真的，录取通知书就是明证。当吴天一把附中的录取通知书递到妈妈手中时，妈妈激动得泪水涟涟。

就这样，吴天一跨进了南京著名中学的门槛。当时，他只有十一岁。因为个子小，大家都把他当成小学生。

开学的第一天，班主任就跟大家说："祝贺你们考进我们附中！大家都知道，只要考进我们这所学校，就成了公费生。但一般人不知道的是，我们这所学校实行特殊的淘汰制，你们在求学期间，只要有一门功课不及格，就要从公费生转成自费生，你们要不要勤奋学习，自己看着办！"

吴天一听了，心弦一绷，想：我一定好好努力，决不做自费生！

为了保证自己门门功课都能考出好成绩，每当期末考试临近,吴天一就要躲起来复习三天。

躲哪里复习呢?——爸爸单位的仓库。

吴天一每次都背着书包,带着馒头、花生米、地瓜、玉米之类的吃食混进去,在那种几乎与世隔绝的情况下,躲起来静静地复习。

埋头复习三天后,吴天一"出关"去学校考试,门门功课都考得倍儿棒。他初中三年皆是如此,成绩均名列前茅,直到顺利毕业,顺利升上高中。

就在吴天一即将成为一名高中生时,作为国民党部队的文职人员,爸爸要被迫跟着部队撤离南京,妈妈也要跟着爸爸一起走,而吴天一却拒绝跟着爸爸妈妈离开南京。他说:"我要迎接新中国的成立!再说,我好不容易考上这么好的学校,吃喝学校都会管,我为什么要离开?"

父亲跟他说:"你要是不走,我们可能就要永别了。"

"我就是要留下来迎接新中国的成立,我就是要留下来好好读书,将来好好报效祖国!"吴天一年龄虽小,但志向不小。

迎接新生　13

临走前,妈妈哭得肝肠寸断,吴天一像个大人似的安慰妈妈,说:"妈妈别哭,我相信我们总能再见的。等我完成中学学业,考上大学,我就给您写信报告喜讯,您一定会为我感到骄傲的!"

妈妈含着泪笑了,泪水止不住地从她微笑的脸颊上滑落。

吴天一的妹妹也大哭起来,兄妹两人一起听父亲讲故事,一起玩游戏,一起在窗户前看天上的云朵。如今,难道自己再也见不到亲爱的哥哥了吗?

吴天一温柔地拍了拍妹妹的头,说道:"不要担心,我们一家人肯定有团聚的一天。"

就这样,小小的吴天一和父母、妹妹分别了。

很快,爸爸妈妈就杳无音信了。

读高一时,因为完全断了零花钱,吴天一连洗衣服的肥皂都买不起,他就捞出河底的淤泥来搓洗衣服,还告诉同学,这可是他的独门秘籍。

周六、周日学校不上课,也没有饭吃,他就饿着肚子,使劲地看书,还开玩笑地说:"书中自有千钟粟。"他一边开玩笑,一边情不自禁地想起了家乡古尔邦节上那各种各样的吃食,馋得直流口水。

老师看吴天一饿得面黄肌瘦，很同情他，经常会叫他到自己家里去吃饭。

同学们也觉得吴天一像个小叫花子似的，很可怜。可是，吴天一很乐观，不仅饿着肚子看书学习，也饿着肚子进行体育锻炼。他各方面都不想落下，尤其向往加入中国共产党，向往革命。

一九四九年，年仅十四岁的吴天一，加入了中国新民主主义青年团（共青团的前身），成了一名光荣的青年团员。

娃娃兵

一九五〇年六月，朝鲜战争爆发了，国家号召青年人积极参军，抗美援朝，保家卫国。吴天一第一时间就向学校提出了参军申请，他强烈表示要到朝鲜战场上。可老师第一时间把他的申请给否定了："不行！吴天一，你看看自己，又小又瘦又弱，怎么去参军打仗啊？再说，你年龄太小啦！"

吴天一听了老师的话，并不气馁，他直接找到参军报名处，把自己的年龄改大了三岁，成功报了名。可是，体检时医生只抬头看了吴天一一眼，就挥手冲他嚷道："你还是小朋友啊，怎么能参军？"

"我已经十八岁了，只是长得矮小，看，我体格壮得很哩！"他撸起袖子，朝医生露出了瘦小的胳膊，医生看了，扑哧一声笑了出来，说："哎呀，你瞧你这细胳膊细腿的，还好意思在我面前展示！走走走，别妨碍我工作！"

可吴天一就是不走，他凭着骨子里塔吉克族人的韧性，围着医生，磨呀磨，说好话，当跟屁虫，做各种他拿手的体操动作——在学校里，他单杠、双杠玩得很好——还像小孩子一样抱着医生的大腿不放。医生最后被他不屈不挠的劲头感动了，让他通过了体检。

这下好了，吴天一实现了参军的愿望，成了一名娃娃兵。

可这个娃娃兵到了部队，又立刻开始"磨人"了——他想当飞行员。

"你真的太小了，当飞行员不合适，我看你还是继续去读书吧！"部队首长被吴天一磨得没办法，也认定他这个机灵鬼是个难得的人才，让他进了中国医科大学学习医术。

"记住，你要好好学习，这样才能去战场上救治更多的伤员！"首长嘱咐他。

"我保证！"他给首长敬礼，像是为自己立下了军令状。

中国医科大学可不是个容易"攻克"的"堡垒",当时,在中国医科大学流传着这样的顺口溜:"一年级买眼镜,二年级买痰盂,三年级买棺材。"意思是说这所学校的学生学习特别苦,读一年级时眼睛会累近视,二年级时会累吐血,三年级差不多就被累死了。不过,吴天一可不会轻易被这样的顺口溜吓倒,除了刚进学校时的上半学期成绩稍弱之外,他是越学越有味,越学越出色,每次考试,门门功课全优。

有一次,吴天一不幸得了疟疾。他躺在病床上,每天接受同学的照顾,听大家"小屁孩""小屁孩"地唤他,功课也落下了一大截,他感到无比焦灼,心想:等我病好了,我得想方设法好好锻炼身体,要让自己变得强壮、健康!

果然,吴天一才下病床,就去了操场,毅然开启了自己的强身健体计划,每天坚持跑三千米,而且,还坚持玩单杠、双杠。

他坚持与汗水为伍,和冰雪搏斗,跟太阳赛跑,以星星为灯。他练啊练啊,个子长高了,还练出了自己的精气神，身姿笔挺，步履生风，一双大眼睛炯炯有神，一张小圆脸俊秀逼人，无论谁见了他，都不得不惊叹一声："好帅的小伙子啊！"

他在刻苦攻读医学课业以外，还自学了英语和俄语，并成了沈阳体操队的业余代表，三级运动员。因为长期坚持练习体操，他的胸肌格外发达，所以同学们送给他一个绰号"胸大肌"。

起先他不怎么喜欢这个绰号，怕别人误会他"肌肉发达，头脑简单"。后来同学们叫得多了，他渐渐爱上了这个绰号，觉得它是那么亲切，因为这个绰号里，蕴藏着他坚持不懈的努力啊！而且，有了他这个"胸大肌"的存在，中国医科大学的顺口溜"一年级买眼镜，二年级买痰盂，三年级买棺材"也在无形中被打破了。

吴天一成了中国医科大学的德智体全面发展的"标杆学生"。他这样回忆道："杠上前滚翻，那会儿做一百个没问题。"

在中国医科大学，吴天一遇到了自己未来的妻子——刘敏生。刘敏生是班里的课代表，成绩优异，志向远大。长相秀丽、性格温和的她，无论在学习上、还是工作上，都跟吴天一一样，是个拼命三郎，不怕吃苦，只怕对祖国和人民奉献得不够多。

一九五五年，吴天一信心满满地递交了入党申请书。这份申请书，他已经在心里写了六年，自从一九四九年加入中国新民主主义青年团开始，他就渴望成为一名中国共产党党员了。

在吴天一心里，中国共产党是最闪亮的名字。他渴望和千千万万的共产党员一起，为人民谋幸福，为国家奉献自己的一切，为共产主义事业奋斗终生。

可是，因为父母去向不明，吴天一的第一份入党申请书交上去后，犹如石沉大海，没有得到任何回应。

一九五六年底，吴天一以二十七门功课皆为满分五分的成绩，从中国医科大学毕业了。他在毕业分配表上，只填写了"朝鲜"两个字，后来被分配到位于朝鲜平壤的中国人民志愿军第五一二医院工作。他在医院立了三等功，又向党组织递交了第二份申请书，可由于父母仍不知去向，他这第二份申请书再次石沉大海。

一九五八年，吴天一从部队医院转业，和妻子一起主动申请来到大西北青海省，给党组织递交了第三份入党申请书，依然没有通过。

一九五九年，吴天一重回部队，分配至果洛藏族自治州骑兵连。由于出色的表现，他被评为"五好战士"。他第四次向党组织递交了入党申请书，可这次也没有被批准。

一九七〇年，他从部队医院复员了，来到西宁市第一人民医院工作。他在大战鼠疫的工作中立下大功，向党组织第五次递交了入党申请书，然而组织上说他还需接受考验。

直到一九八一年，吴天一递交了第六份入党申请书。这时，组织已经知道他父母在美国定居了，是爱国知识分子，吴天一这才在一九八二年成为一名光荣的中国共产党党员。

递交了六次入党申请书，经历了二十七年漫长的等待，吴天一才真正加入了中国共产党。他对党的刻骨铭心的热爱、矢志不渝的追随、梦寐以求的渴望，是颇为罕见的。

有很多人不理解他的这份执着。他说："我看见过旧中国的贫穷落后，看见过日本人对我们同胞的欺侮和戕害，看见过国民党统治下民不聊生的状况，自己也吃过苦，受过罪。我坚信，只有共产党才能救中国，我希望自己成为党的一员，为祖国和人民贡献出我所有的聪明才智！"

当年那个十五岁的娃娃兵，历经艰辛，不忘初心，就这样，一步步成长为一位忠诚的共产主义战士。

离别的鸡蛋

一九五七年初,吴天一和同为中国医科大学毕业生的爱人一起,被中央军委直接分配到位于朝鲜平壤的中国人民志愿军第五一二医院做军医,夫妻俩实现了共同的愿望。

一到平壤,吴天一就主动学起了朝鲜语。

他语言天赋很好,没多久,就能和附近的老百姓嘘寒问暖了。他看见较年轻的大嫂,就叫她们"阿祖玛",看到岁数大的老妈妈,就叫她们"阿玛尼",看见上了点年纪的男人就叫"阿加西",嘴甜似蜜。除了这些称呼之外,像"吧里吧里"(快点快点)、"卡嘉卡嘉"(走吧走吧)这些常用语,他都运用得十分娴熟。

有时，他嘴里还会蹦出几个英语单词、俄语单词。大家常常被他风趣幽默的语言逗笑，比如人家夸他帅，他会说："那是自然，我是光荣的中国人民志愿军嘛！"人家夸他是医学院的高才生，他就开玩笑说，自己是体操运动员。吴天一每天都乐呵呵的，什么脏活儿累活儿都抢着干，脸上的笑容像平壤的海棠花一样灿烂，人人都喜欢他这个塔吉克族的年轻医生。

不久，有个战士患了一种怪病，高烧、无尿、休克，不到一天就不幸去世了。志愿军总后勤部卫生部下达命令，要五一二医院派个医生去看看。面对这个"军事任务"，有些医生心存顾虑，怕自己诊断不准，被上级部门怪罪。但吴天一不怕，他主动请缨，背着医药箱就去了战士所在的部队。

"只怕是出血热，这可是会传染的，你们都走吧，我一个人留下就行，要传染就传染给我一个人吧。"一见到那位去世的战士，吴天一就判断他得了出血热。吴天一将其他人疏散后，自己单独留在逝者身边，对逝者进行了解剖，并对其血液、内脏进行了化验。化验结果跟他猜想的一样，这位战士得了"登革出血热"。这种病，是一种由登革热病毒引起的急性传染病，在发病期间会导致患者出现发热、皮疹、头痛、淋巴结肿大等症状，不及时治疗的话，患者就可能会休克、出血，甚至死亡。

去世战士的病因找到了，吴天一连忙对跟这位战士有过接触的人采取了一系列的防治措施，部队首长也即刻下达了隔离命令。就这样，吴天一及时阻止了一场急性传染病在部队的蔓延，荣立了一次三等功。

当时，抗美援朝战争虽已取得胜利，但依然有二十五万中国人民志愿军驻守在朝鲜，帮助朝鲜人民建设被战争毁坏得千疮百孔的家园，让平壤发生了翻天覆地的改变。在短短五年时间里，中国人民志愿军共修建了八百多个公共场所、四万五千多间民房，修复了四千多座桥梁，修建了四千多座堤坝，还种植了三千六百多万棵树木，为朝鲜运送了六万多吨的粮食等物资。因为担心朝鲜未来可能会遇到的风险与挑战，所以在重建期间，中国人民志愿军还帮朝鲜打造了一支系统化的军队，同时挖了六千多公里的战壕，修了十万多个地堡。

在志愿军帮助朝鲜人民重建家园的过程中，吴天一则坚守在自己的工作岗位上，做志愿军中的"白衣战士"，日夜守护着战士们的生命安全。同时，他也积极为朝鲜老百姓治病，成了朝鲜老百姓的守护天使。

当时，朝鲜老百姓因为没啥吃的，常想方设法去江边抓螃蟹和小龙虾吃。吃了小龙虾后，很多人都得病了。吴天一在给他们治病的过程中发现，这些得病的人，都是因为吃了没煮熟的小龙虾才又吐又泻的。于是，他就耐心地告诉朝鲜的老百姓，说小龙虾的壳里有寄生虫，一定要煮熟了才能吃。

由于吴天一会说朝鲜语，态度和蔼，治病本领又高超，没多久他就赢得了当地老百姓的信任，成了他们最欢迎的医生。很快，当地居民中的"小龙虾病"就得到了根治。

朝鲜的那些"阿玛尼""阿加西"见了吴天一，就像见了亲儿子一样高兴。小朋友们也非常喜欢吴天一，常常采了花，抓了蜻蜓、蝴蝶之类的来送给他。吴天一也常常省下自己的口粮，救济那些在战争中失去父母的孤儿。

就在他与朝鲜老百姓打成一片时，中国人民志愿军要从朝鲜撤军回国了。深得民心的吴天一也要准备离开平壤的医院。

吴天一曾说，他永远也忘不了他离开平壤时的情景。那天，当他走出五一二医院的大门时，附近的老百姓已静静地等在门口。大家都不约而同地来为他送行，有人拿着野花，有人端着酒瓶，有人举着馍馍，有人拎着鸡蛋。每个人都想把自己手中的礼物送给吴天一，每个人都舍不得让他上车。从五一二医院去平壤火车站有十余公里的路程，本来，吴天一是要坐车去的。可因为有太多朝鲜的老百姓对他恋恋不舍，吴天一就被这些和他依依惜别的朝鲜亲人一路簇拥着，徒步向火车站走去。其中有个老大娘，年近七十，在吴天一的悉心照料下身体日渐康复。只见她手里拿着一篮鸡蛋，眼里含着泪花，一直跟着吴天一默默向前走。

吴天一不断地冲这位老大娘挥手，请她早点回去，可老大娘依然眼含热泪，紧紧跟着他。

那时正值春天，平壤的海棠花已盛开。飘飘悠悠的海棠花瓣，一瓣一瓣落在他的头上、脸上，跌进他的眼眶,化成了一颗一颗晶莹的泪花。

"你们回去吧,我的朝鲜亲人啊!"他含泪深情地对朝鲜老百姓喊道。

但人们一直把他送到了火车站,还久久不愿离开。

火车就要开了,吴天一已经上车了,他隔着车窗和他们频频挥手。这时那位手拎鸡蛋的老大娘,颤巍巍地冲上来,高高举起鸡蛋,将鸡蛋递给了吴天一。啊,那些鸡蛋,仿佛还带着老大娘的体温,感觉热乎乎的!

这时,吴天一再也忍不住了,望着老大娘呜呜呜地痛哭起来。

老大娘喃喃地用朝鲜语对他说道:"孩子,一路平安!以后记得回来看我们啊!"

"也,也,阿玛尼!(好的,好的,老妈妈!)"吴天一连连用敬语回答老人家,泪水啪嗒啪嗒打在老大娘的白发上,像雨点打在海棠花上……

老大娘送给吴天一的,是一篮不能拒绝的鸡蛋。抱着那些热乎乎的鸡蛋,吴天一感觉自己就像是抱着老人家一颗滚烫滚烫的心呢!

离别的鸡蛋　31

火车开动了,他的眼中噙满了泪水,只看见一片洁白的海棠花在纷纷飘落。

"什么时候才能再见到这些朝鲜亲人啊!"吴天一喃喃说着,滚烫的泪水再一次跌落在那些带着朝鲜亲人体温的鸡蛋上……

如今,这一幕已经过去六十多年了,年近九旬的吴天一,每每想起此事,依然会像当年一样湿了眼眶。

扎根青藏高原

从朝鲜回国后,吴天一和爱人双双申请来到青海,支援大西北建设。

这只来自帕米尔高原的雄鹰,经过朝鲜半岛战火的洗礼,在向朝鲜人民充分展示中国医生的人道主义精神后,又飞到了青藏高原,继续履行一个医生的神圣职责。

当时,吴天一在西宁的五一六医院工作。

当吴天一夫妇初来西宁时,这里还是荒凉之地:树很少,花更少,触目皆是一片灰黄。这个西北省会城市,更像个灰蒙蒙的高原小镇。不过,在建设大西北的滚滚热潮中,西宁市也呈现着日新月异的变化。

青藏公路通车、兰青铁路通车，很多建设物资通过这些交通线路运输了过来；电厂、农牧机械厂、乳品厂、面粉厂等工业建设如火如荼；农业生产方面，春小麦的高产研究等也在积极地进行。

那段时间，让吴天一最难忘的是西宁市共青团员们的植树造林活动。阳春三月，江南早已鸟语花香，可西宁的大地还处于冻土状态。这时，各单位的共青团员们纷纷出动了，扛着锄头，拿着铁锹，举着十字镐，挑着水桶，抬着一捆捆的杨树和柳树树苗，去郊区山上种树。山地坚硬如铁，他们发扬钢铁般的意志，用铁锄、铁锹、十字镐跟山地打了一场"硬仗"，硬是在戈壁滩上刨出一个个树坑，又去河滩地运来泥土，填土种树，抬水浇树，就像对待自己的亲娃娃一样，伺候小树苗一点点地成长。

吴天一那双擅长拿手术刀的手，为种树磨出了一层老茧。但他很自豪，这个来自帕米尔高原的塔吉克族小伙子，把青藏高原当成了自己的第二故乡。吴天一付出了汗水和心血，收获了绿色和希望。

当然，吴天一更主要的工作，还是在医院里。

一天，德令哈独立团有个名叫吕冲武的小战士陷入了昏迷，吴天一前去给他看病。一见到这位小战士的脸蛋，吴天一就吓了一跳。原来，这位小战士最初只是额头上长了一个小疖子。小疖子有些痒，小战士就不断地用手去抠它。结果，小疖子被越抠越大，小战士的额头成了一个马蜂窝，紫红一片，开始化脓，摸一摸还有流动感，而且整张脸都肿胀得变形了。他还出现了发烧、头痛、食欲不振等各种症状，最后陷入了昏迷。

吴天一说："这位小战士的小疖子已变成痈了，出现败血症症状，已经严重危及他的生命安全了。"他二话不说就开始为小战士排脓。为了抢时间，他不顾自己的安危，直接用嘴为小战士吸脓，吸一口，吐一口，再吸一口，再吐一口，一直吸了十几口，小战士的痈毒才基本被清除干净。

吴天一的这一举动，把小战士的战友们看呆了，一个个都感动得热泪盈眶。

当吴天一说小战士需要输血时，战友们一个个全站了出来，满满一院子的战士，争着要为小战士输血。

"多好的战友啊！"看着战友们恳切的眼神，吴天一也被深深地感动了。后来，小战士被转到西宁五一六医院。吴天一不眠不休，一直在他病床边守护了十六个日夜，小战士终于苏醒了，从死神手里逃了回来。

当小战士得知事情的经过后，他紧紧握住吴天一的手，很想说感谢的话，嘴唇颤动良久，却没发出声音，唯有大颗大颗的泪水不断从眼眶里滚出来，啪嗒啪嗒摔在吴天一的手背上。

这位小战士，复员后在兰州做了普通工人，但他一直念念不忘吴天一的救命之恩，曾数次来青海探望吴天一。

吴天一的大爱之心，是如此单纯又炙热。他就是要为祖国多做贡献，把"小我"完全融入祖国建设的洪流之中，融入祖国的"大我"之中。

吴天一始终保持着这种忘我的"拼命三郎"工作方式，而妻子刘敏生也全心全意地支持他的工作。

夫妻俩双双来到青海后，随着女儿吴璐的出

生，刘敏生为了支持丈夫的工作，更多地担起了家庭的重任。为了能有时间照顾女儿、照顾丈夫，她申请调到了青海汽车制造厂的厂部医院。虽是厂部医院，但青海汽车制造厂有三千多名职工，刘敏生的工作并不轻松。不过，温柔贤惠的她，下班回家后，依然默默地揽下了所有的家务，只为能让丈夫工作得专心一点儿，更专心一点儿。

吴天一为了研读医学著作，常常熬到凌晨两三点。这时，刘敏生给他下达了一个"命令"——必须在凌晨一点前上床睡觉。

后来，随着吴天一年岁渐长，妻子对他看得更紧了，深夜一点前必须上床睡觉的命令，改成了十二点前必须上床睡觉，再后来，一到夜里十一点钟，妻子就会来关吴天一的电脑。

"身体是革命的本钱啊！"这是妻子常常挂在嘴边的一句话，"只有你身体好，才能给别人带来好身体啊！"

"所以我一直在健身呀，长跑、做俯卧撑、洗冷水澡，我一直不敢耽误锻炼呀！"吴天一说着，又不由自主地挺了挺他的胸膛。

因为有个爱锻炼身体的爸爸，女儿从小活泼好动，学习好，身体也好，长大后跟爸爸妈妈一样，也穿上了白大褂。后来，吴天一的外孙也扎根青海，从事高原医学事业，一家三代四口人，都把自己献给了青藏高原的医疗事业。

吴天一说他此生的两大幸福：一是"歪打正着"成了医生；二是有一个幸福美满的家庭，有一心一意支持他的爱人和孩子。

"没有爱人几十年如一日的支持，就没有我在医学上的成就！"这是吴天一在外人面前说给妻子的一句情话，很质朴，也很真挚，道出了他家庭幸福的真谛，也说出了他成功背后的奥秘。

一家人相亲相爱，对他们来说，不是风花雪月的浪漫，而是志同道合的奋斗，是相濡以沫的支持，是一生一世的承诺，也是对高原医学事业的执着追求。

家庭团聚

自从一九四八年在南京与父母分别后,父母一直是吴天一心中的痛。他一次次申请入党,都因为父母下落不明而没被批准。但他不怨父母,心中只有对父母的牵挂与思念。尤其是慈爱的母亲,每当看见圆月,吴天一便会想起她那明净、温润、慈爱的笑脸。

无论是在西宁街头、青海牧区,还是在冰天雪地的高原上,只要想到母亲的那张笑脸,吴天一心里就会有一朵暖云冉冉升起,又会有一团冰雨缓缓降下——他感恩母亲,思念母亲,却不知此生还能不能再见到母亲。

难道,父亲那年说的永别,真的一语成谶了?

难道，他此生再也见不到父母了？

还有那天真活泼的小妹，两人曾一起玩过多少次剪刀石头布的游戏，两人曾一起抢过多少回母亲买的零食，两人曾在灯下听过多少遍父亲讲的故事，两人曾一起坐在门槛上数过多少行人的脚步，两人曾在窗前看过多少天上飘过的云朵。她那甜蜜可爱的笑脸，难道从此也不能再见了吗？

多少次吴天一痴痴地在记忆中回望着那一张张亲人的脸，情不自禁地湿了眼眶；

多少次吴天一暗暗地祈祷，他爱的父母、小妹还在人世，享受着平安宁静的生活；

多少次吴天一悄悄地展望，假如再见到父母、小妹，他该多么欣喜若狂……

没想到，这一天，居然被他等来了。

一九八一年十二月三十日，吴天一刚从海西地区考察归来，刚一回到单位，有个同事就兴冲冲地跑来告诉他："吴天一，告诉你一个好消息，你的家人来找你啦！"

"我爱人和孩子来找我啦？"吴天一随口这么

问,"她们来我单位干什么?"

"不是,不是,是你的父母和小妹找你!"同事连连摇头,说道。

"啊,他们在哪里?"吴天一惊喜地问,热泪一下子涌上了眼眶,"这是真的吗?你没骗我吧?他们在哪里?"

"他们在电话里。哦,不,是在美国,打了越洋电话来找你啊!"同事兴奋地搓着手,激动地把吴天一父母的电话告诉了他。

吴天一忙把行李一扔,立刻跑去找可以打越洋电话的电话机。拨电话时,他整个人都在颤抖,像一棵风中的白杨。

"喂,是妈妈吗?妈妈,妈妈……"电话一通,他就对着电话机大喊妈妈,顿时,泪下如雨。

电话那头,不是妈妈,是妹妹吴若兰。

吴若兰一边激动地喊着哥哥、哥哥,一边哽咽着告诉吴天一,她是如何找到他的。原来,她虽然人在美国,但一直关心着国内大事,一直坚持读国内的报纸。她在联合国教科文组织工作,也有条件接触到祖国的报纸。在一九八〇年十月六日的《光明日报》第四版上,她发现了一篇题为《高原适应的强者》的文章,作者叫吴天一。

"哥哥也叫吴天一,难道这作者是哥哥吗?"吴若兰看着报纸上那熟悉的名字,一时间,眼中全是悲欣交集的泪水,她忙拿着报纸去给父母看。父母一看,也立刻眼泪汪汪地问:"这文章的作者难道真是我们的吴天一吗?"

"快打电话问问呗!"父母催着吴若兰。吴若兰也急切地想知道这个"吴天一"是不是哥哥,于是,他们立刻向中国驻纽约总领事馆写信求助。经过多方辗转,吴若兰把电话打到了哥哥的工作单位。没想到,哥哥去海西考察了。经历了苦苦等待,吴若兰终于接到了哥哥的电话。

"哥哥,哥哥,你来美国吧,爸爸妈妈可想你啊!"电话一接通,吴若兰就急切地向哥哥发出了邀请。

"我也想他们啊!"吴天一说话时,眼泪已哗哗地淌了下来。

"天一啊,孩子,没想到此生还能听到你的声音啊!"电话那头,跟他说话的人换成了妈妈。

妈妈在电话那头哭，吴天一在电话这端哭。然后，爸爸也加入了这场喜极而泣的重逢对话。

"来美国吧，这里工作条件好，而且我们已帮你找到了对口的大学，你可以过来教书做研究，更容易出成果！"父亲对他说。

"不，我离不开青藏高原，离不开藏族同胞，更离不开我的医疗事业！青藏高原是我的根，是我事业的根！"吴天一不假思索，回绝了父亲的请求，以至于这次的"认亲"电话差点儿不欢而散。

不久，吴天一接到了美国科罗拉多州立大学的邀请电话，科罗拉多州立大学提出优厚的条件，请他去工作，但被吴天一拒绝了。吴天一跟远在美国的家人说："我虽然很想念你们，但我更放不下被疾病折磨的同胞们，等我攻克了高原人类适应和高原病防治难题，我再去看你们！"

随后，他给父母写了一封长信，跟父母、妹妹详细叙述了这些年他的成长历程，告诉他们，自己如何成了光荣的人民解放军，如何在中国医科大学求学，如何在朝鲜平壤救死扶伤，如何成家立业，如何得到了爱人的大力支持，如何来到青海，如何立志投身高原病的研究，等等。父母、妹妹看了吴天一的长信，终于理解了他报效祖国、愿意为祖国医疗事业奋斗终生的志向，理解了他的选择。

"天一，我们支持你！"父母在回信中这么说。

一九八三年的一天，经过近二十个小时的飞行，吴天一以访问学者的身份乘飞机前往大洋彼岸的美国考察，也来到了父母家门口。

面对跌跌撞撞迎出来的父母，面对他们的苍苍白发，吴天一扑通一声，情不自禁地跪了下去。三十多年未见，年轻的父母早已改了容颜，变成了白发老人，他也从一位少年郎变成了壮年汉。这中间有多少思念的苦、伤心的泪，全化作了那深情的蓦然一跪。

父母颤颤巍巍地抱住他，三人哭着抱成一团。妹妹也跑过来，恨不得把哥哥和她的老父亲老母亲一起拥在怀里。

"儿呀，总算又见到你啦，此生我已无憾！"母亲抱着他哭喊。

"儿呀，没想到你不仅顺顺利利地长大了，还成了一位医学家，此生我也无憾了！"父亲也抱着

家庭团聚

他哭喊。

"你们是我的亲生父母，祖国是养育我的父母，儿子能成人，离不开祖国对我的养育之恩！"吴天一也感慨万千地哭道……

这次探亲，吴天一只和家人待了一个多星期，便回国了。他拒绝了好几个挽留他的医学院，与父母、妹妹依依惜别后，毅然返回到了气候条件、工作条件都十分艰苦的青海，回到了他心心念念的青藏高原。不久后，吴天一就开启了高原病的医学研究工作。

为了自己的高原病医疗事业，吴天一放弃了美国优渥的学习、研究、工作条件，只为了自己的誓言。

而这誓言，产生于一次医疗"事故"……

跟高原病较一辈子的劲

那是他来青海不久的一天。这天,吴天一接诊了一个特殊的病人,是一个在祁连山铜矿工作的复员转业志愿军,四川人。因严重缺氧,浓痰和白沫不断地从他的口腔、鼻子里喷出来。同是志愿军出身的吴天一对这位病人特别有感情,竭尽全力地抢救他,给他吸氧,为他打强心针,彻夜不眠地守护着,可都没有太大的效果。

到了第二天,病人的情况越发严重了,在弥留之际,他满怀遗憾地对同是志愿军出身的吴天一和曹芳主任说:"美帝国的飞机大炮都没有把我打倒,结果得了这个怪病,看样子,我是过不去喽!"

最终,这位战友遗憾地死于这个怪病。

当时，有大批来自全国各地的年轻人响应党和国家的号召，来到青海，想投身到如火如荼的建设事业中。可有些人一下火车就出现头晕、头痛、心慌、呼吸急促等症状，很多人还没到达驻地，就被这个怪病逼上了返程的火车，有些人虽然留下了，却因为这个怪病倒在了青藏高原上，永远回不去了。

吴天一注意到，很多来青海支援建设的人都不能适应高原气候，均以失败告终。

这一定是高海拔在作祟！吴天一默默寻思。

现在，面对又一位战友的倒下，悲伤像山一样压在吴天一的心头。这位战友临终前的话，像刀一样直捅吴天一的心窝。

他决心与这个怪病奋战到底。

经过研究，他发现，害死战友的，其实并不是普通的肺炎，而是一种因高原、低氧引起的并发症。

这种疾病在我国医学领域还是一片空白，在他之前，没有一个医学家研究过这种病，吴天一毫无经验可借鉴。因此，他决定从零开始——自己走访，自己摸索，自己钻研，踩着石子过河，踏着荆棘默默向前。他发誓，不破楼兰终不还!

他说:"青藏高原缺氧、低压的恶劣环境，阻碍了人们开发高原的步伐，也威胁着当地居民和官兵的健康安全，我必须找出高原病的致病原因，并不断地研究下去。"

就这样，他开启了辛苦一生、付出一生、无悔一生的事业——高原病医学研究。

吴天一几十年如一日地进行着临床观察和实验研究。一九六三年，吴天一在中国首次对高原肺水肿进行了综述报告。一九六五年，在《中华内科杂志》上，他首次提出了"成人高原性心脏病"的论点，并提出其是由低氧性肺动脉高压导致的。

一九七八年，吴天一和同事共同创建了我国第一个高原医学专业研究机构——青海省高原心脏病研究所（今青海省高原医学科学研究院）。

一九七九年，他又在《中华血液学杂志》上率先提出了青藏高原最常见的慢性高原病类型"高原红细胞增多症"的概念。

一九八〇年，为了全面掌握各种急、慢性高原病，吴天一带队进入高海拔区对高原人群的生理特征及病理损害进行了全面调查。从此，他的科研工作就注定要在风雪严寒的高海拔缺氧环境中进行了。

因为高原海拔高，空气稀薄，科研队带的煤油炉光点着都费劲，面条煮出来是半生的，吴天一只能和队员们一起吃半生的面条充饥。氧气稀缺，不仅人呼吸困难，就连实验设备也频频出现"高原反应"，因功率不足而罢工。

大规模的田野调查，需要调研人员一家一户地走。高原上的牧民住得又很分散，从一个毡房赶往另一个毡房，往往间隔几十里的路程。一天下来，能走访两三户人家或三四户人家，已是不错的成绩。他们最好的成绩，是一天里能调研三十户左右。吴天一说："群体调查，一家也不能落！问题，可能就出在落下的这一家！"有一次，一个带队的当地支部书记说："在雪山上，单独住着一位老大娘，只有一个小女孩陪着她。老大娘的毡房，离这里有三十里路，吴医生，你要不要去她那里调研？""去呀，高原病调研，一个也不能落下！"

吴天一说着，就骑马出发了。为了去那位老大娘家里调研，吴天一和他的助手花费了一整天的时间。

每次调研，吴天一都抢着去最远、最难走的地方。他的助手骑马技术不好，常常因此磨烂屁股，需要轮流休息。但吴天一从不休息，对他来说，连续六至八个月每天骑马穿越草原六七十里路是家常便饭。他骑马过河，好几次都差点儿被湍急的河水冲走。

就这样，吴天一在二百五十万平方公里的高原上跋涉着，风雪冰雹随时会迎面扑来。他骑着马，带着仪器，自己还要克服高原反应，与胸闷、头痛、呕吐做斗争——出生在海拔六百多米的伊宁的他，成长在海拔二十多米的南京的他，如今跋涉在平均海拔四千多米的高原上，他也需要克服"高反"啊！可以说，他每采集一份资料，都是在拿自己的生命做代价。而这样的田野调查，他坚持了十余年，走访了十余万名藏族等各民族同胞。一次次艰苦而又惊险的经历，使吴天一积累了十万份不同海拔、不同民族、不同职业的调研数据。应该说，他掌握了青藏高原地区人类适应生理最丰富的资料，这为他以后的研究打下了坚实的基础。

为了让藏族同胞接纳自己，吴天一一门心思地学起了藏语，没多久，他就能与藏族同胞自由交流了。他还穿上藏族同胞的衣服——头戴毡帽，身披皮袄，脚蹬马靴，一有空就去藏族同胞家里串门、"走亲戚"。他对谁都热情得很，又是打招呼，又是拉家常，藏族同胞见了他，也会忍不住把他拉到自己家里去做客。很快，藏族同胞就完全把吴天一看成了家人。别的医生完成不了的工作任务，吴医生一去准能搞定。

有个藏族小伙子，从二十岁就开始做吴天一的助手，如今已六十岁。四十年来，他常伴吴天一左右，被大家笑称为吴天一的"干儿子"。这个"干儿子"，就是青海省心脑血管病专科医院的体检中心主任更登医生。

更登医生说："吴院士几乎走遍了青海的每一个角落。他每到一处，总能和藏族同胞打成一片，和他们同吃同住，什么奶茶、酥油炒面、馍馍，样样都吃得很香。有时我们调查要走很远，就带上几个馍馍。如果到了深秋，这馍馍就会冻得跟石头一样硬，啃也啃不动，得搁在水里煮。因为海拔高，水无法烧开，吴院士只能凑合喝'半生不熟'的水。吴院士真如'感动中国'组委会给他的颁奖词里说的那样，是吃着化不开的糌粑，喝着烧不开的水，在夜以继日地做高原病调研哪！"

更登医生还说："我跟吴院士出去，夜里就住在自己搭的'马脊梁'帐篷里。这种帐篷，是用羊的腰椎骨头，把两根长木棍固定成T形，再把白帆布往上一披所搭成的简易帐篷，面积只有三平方米左右。这种'马脊梁'帐篷搭起来比较方便，但帐篷里白天热，夜里冷，外面下大雨，帐篷里下小雨。有一次，我们去高原腹地的果洛州采集资料，住在'马脊梁'帐篷里，结果半夜里下起雪来，把我们的帐篷都压塌了，吴天一院士清晨是从雪窝子里爬出来的呢！"

无论调研条件多么艰苦、走访路途多么艰辛、所遇环境多么恶劣，吴天一每晚都坚持写日记，把手电筒挂起来当马灯，把白天的采访情况整理成资料，写下自己的调查心得，也记录所到之处的风土人情、民间俗语等。这些日记，如今已成为十分珍贵的医学资料和民俗资料。

那时，高原上交通条件特别差，在乘车外出调研时，吴天一出过很多次车祸。十余年间，他遇到六次大车祸，无数次小车祸，全身十四处骨折，车祸在他看来竟也成了"平常事"。在一次考察途中，因为路途险峻，吴天一乘坐的吉普车翻下山崖，幸好被牧民所救。这次车祸，使他的肋骨断了四根，髌骨更是粉碎性骨折，然而在休息了一百零六天之后，吴天一又回到了工作岗位上。

最严重的一次，折断的肋骨差点儿刺穿他的心脏。

有年夏天，吴天一乘车子开往日月山时，迎面撞上了一辆手扶拖拉机。本来，吴天一正在车上打盹儿。车子猛地一震，他被甩出了车厢，额头和胳膊、膝盖都磕破了，浑身鲜血淋淋。助手们都吓坏了，以为他这回可能遇到了过不去的"大坎"，没想到，等大家手忙脚乱地把他扶起来后，他忍着痛，叫助手给他简单地包扎了一番后，又冲大家一挥手说："出发！"

更登建议吴天一休息一下再走，吴天一说：

"我是老伤员啦,早习惯了,没事,我很快会痊愈的,可夏季时间宝贵,时间可不等人,走吧!"

更登心疼他,泪水都在眼眶中打转转了,可吴天一却对这个瘦瘦高高的小伙子笑道:"你这么爱哭,难道你是大姑娘吗?"

吴天一这话把别的助手都惹笑了,更登只好抹抹泪,跟着吴天一继续踏上了田野调查之路。

这条路,天天有黄沙和冷风割脸;

这条路,日日吃着化不开的糌粑,喝着烧不开的水;

这条路,夜夜睡在冰冷的"马脊梁"帐篷里;

这条路,无论骑马乘车,都危险重重。

可吴天一一走就是十来年。仅一个雪山乡,就有三千多个样本需要花费五个月时间收集。这十余年的高原病田野调查,走过多少山山水水,经历多少风吹雨打,吴天一已无法尽数。每一年,他都有三分之二的时间走在高原病调研的路上,他和助手们到过青海、西藏、四川、甘肃等地的大部分高海拔乡镇牧村,收集到大量的临床资料,在研究了十余万人的资料之后,最终提出藏族人民已获得"最佳高原适应性"的论点，对发生在青藏高原的各型急、慢性高原病做出了科学系统的研究，构建起一套理论体系，对我国治疗高原心脏病等疾病具有重要意义，同时，填补了我国高原病研究领域的空白。

青藏高原上的好曼巴

吴天一在进行大型高原病田野调查时，每到一处，都要为牧民诊病。所以，他的大型高原病调查活动，也是大型的义诊活动。

牧民罗松杂巴永远不会忘记吴天一为他治病的事。

罗松杂巴的家在海拔四千七百米的青海省玉树藏族自治州曲麻莱县秋智乡布甫村。当时已年过花甲的他，因患腿疾，连帐篷门都迈不出。他的那两条腿啊，天气暖和、晴朗时还好一些，一遇到刮风、下雨、下雪的日子，就痛得要命。

罗松杂巴看着家人们忙忙碌碌，放牧，给羊儿打药、剪毛、接羔，自己却一点儿忙也帮不上。他只能捶着这双老腿，骂自己是个废物。

这天，有位个子不高但非常和蔼可亲的曼巴走进了罗松杂巴的帐篷。

"老人家，您的腿怎么啦？"这位曼巴会说藏语，见罗松杂巴腿脚不便，马上就为他检查起来。

"老人家，您得了严重的关节炎，这病我能治，您放心，我给您开点药吧！"曼巴笑着给罗松杂巴开了抗风湿药，还制定了热敷、活动韧带等全套治疗方案。

罗松杂巴对这位医生的话将信将疑。老伴对他说："你天天躲在家里不知道。他可是咱们藏族人最信任的好曼巴吴天一呀，你就尽管按照他的吩咐服药吧！反正你的两条腿已经这样了，难道这吴曼巴还会把你的腿治坏吗？"

罗松杂巴听了老伴的话，点点头，开始一丝不苟地按照吴天一教他的方法吃药、敷腿、做活动。很快，他的腿病就好了很多。

一个多月后，当吴天一田野调查队再次途经布甫村时，罗松杂巴连忙走出帐篷，带着儿子、孙子，诚挚地把哈达献给了"马背上的好曼巴"——

吴天一。

"好曼巴,谢谢您治好了我的腿,我们家世世代代不忘您的恩情!"罗松杂巴感激万分地对吴天一说道。

"那次,我和同事们骑马已走出很远,一回头,罗松杂巴家的大人小孩还在朝我们挥手……"每次回忆起这一幕,吴天一跟罗松杂巴一样,也很激动,"我们没有辜负自己身上的白大褂!我们总是用自己的实际行动,换来藏族同胞对科研的理解和支持。"

十二年间,吴天一几乎用自己的脚步亲吻了青藏高原的每一寸土地,同时,他也用他的医技,为十余万藏族同胞带去了健康的福音。

吴天一的战友冯奎常说:"在藏族同胞心目中,吴天一可是个神话一样的人物啊!"

那时,吴天一还在果洛州骑兵连,是个骑兵医生,有个藏族老牧民的儿子走失了。自从儿子失踪后,老牧民就陷入了焦虑失眠的状态,他一边找儿子,一边找大夫看病。虽然老牧民吃了一大包一大包的药,但失眠症像石头一样顽固,像冻土一样坚硬，他照样夜夜睁眼到天亮。妻子也很心焦，无论遇到谁，都要诉苦，说她老伴的眼睛像黑夜里的星星，总是在夜晚眨巴个不停。

"这样夜夜不睡，不仅儿子找不到，他自己也会死掉的呀！"妻子也急得不能睡觉了。

这事被果洛州骑兵连的战士冯奎知道了，他便告诉老牧民可以去找吴天一医生看病。

"我看了多少老医生，吃了多少药也好不了，难道一个年轻的骑兵医生能把我的病治好？我不信！"他一点儿也不相信冯奎说的话。

冯奎只好把吴天一带进了这位老牧民的帐篷，说："天一你救救他吧，这位大哥儿子丢了，他的魂也丢了，身体也垮了！"

吴天一听说老牧民夜夜不能睡觉，便为他开了两颗安眠药。老牧民不愿意接，更不愿意吃，反复说："我不相信这两个小药片有用，我都吃了多少药喽，还是不能睡觉。"

冯奎耐心地解释道："他可是个很好的医生，也是部队里的'五好战士'，一定可以药到病除，不用担心。"

老牧民听罢，将信将疑地把两片药吃了，不到二十分钟，他就感觉到了困意。而且，就在他昏昏欲睡之际，他丢失了好几个月的儿子居然从帐篷外走了进来。

"儿子，儿子，我这是在做梦吗？"老牧民拉着失而复得的儿子的手，以为自己是在做白日梦。

"阿爸，我真的回来啦！"儿子拉着他阿爸的手，泣不成声地说。

老牧民也搂着儿子，泣不成声地对吴天一说："啊，您这个好曼巴，是个神医啊！不仅治好了我的病，还找回了我的儿子！神医，神医……"老牧民说着说着，便沉沉地睡着了。

这一睡就是一天一夜。睡醒后，老牧民的病，竟完全好了！他忙宰了一只羊，送到冯奎家，感谢他帮自己找了个好曼巴，请冯奎一定要把吴天一请去吃羊肉。

"冯奎给我找的吴曼巴，真是太厉害啦，太神奇啦！"从此，这个牧民逢人就夸吴天一的好。

当吴天一开始大型高原病调研时，这个牧民也成了吴天一团队的最好宣传员。看见藏族同胞们不愿抽血,这个牧民还给乡亲们做示范呢!

正是通过这种挨家挨户给牧民看病的方式,吴天一的田野调查才完全取得了藏族同胞们的支持和配合。

吴天一在调查中得知,由于高原上的低气压、冷气候,很多牧民患有肺水肿,他就背着一袋袋治疗肺水肿的药物送给牧民。虽然肺水肿很难被根治,但牧民们吃了他给的药,呼吸顺畅多了,咳嗽减少了,痰液也少了,他们都打心眼里感激吴天一这位好曼巴。

他在田野调查以及为牧民治病的过程中,总是喜欢往海拔高的地方去。

有些地方根本不能开车,他就整天骑着马"东游西逛",再加上他曾在骑兵连当过兵,所以他骑马的本领十分高超,牧民们都喊他"马背上的好曼巴"。

吴天一的助手更登说,他们去给牧民看病时,一路的饭食很简单,"吃的一般是酥油炒面,要不就是带着两个馍馍、一个鸡蛋,灌点牛奶。骑着马,赶着牦牛一家一户地走访调查。三四年时间,我们总共调研了三千多人"。

吴天一的爱人刘敏生也曾调侃吴天一:"几十平米的房子里,米、面、油、盐放在哪儿,吴天一不知道;成千上万平方公里的牧区,哪个乡、哪个镇叫什么名字,海拔有多高,他都一清二楚。"

这就是一心扑在工作上,一心扑在牧民身上的好曼巴——吴天一。

吴天一"失踪"记

二十世纪九十年代初,吴天一组织中日联合医学学术考察队在阿尼玛卿山开展考察,对生活在海平面的民族和生活在青藏高原的民族进行人体高原适应性的对照综合研究。研究历时五年,考察队先后前往海拔两千三百米、三千七百一十九米、四千六百六十米的高原进行调查,并在海拔五千六百二十米的特高海拔处建立了高山实验室,取得了大量珍贵的特高海拔人类生理资料。

中日联合医学学术考察队在准备去阿尼玛卿山考察之前,就得到了青海省果洛州领导的高度重视。一天,州文化局邀请果洛州藏医院院长贡拉来开会,说由吴天一负责的中日联合医学学术考察队要到阿尼玛卿山来考察,这对治疗牧民的心脏病很有好处。因为贡拉是雪山乡人,也在乡里工作过很长时间,对那里熟悉,所以考察队在雪山乡的一切考察工作都由贡拉来负责。领导告诉贡拉,考察队吃的东西自己会带来的,但酸奶和肉食要这边提供,牧民卖给考察队酸奶和牛羊肉时,要选质量好的,价格也要适当优惠一点儿。

"没问题,没问题,我们给他们提供最好的酸奶和肉食就是啦,我们雪山乡的牧民,可是非常热情好客的!"贡拉爽朗地答应了州文化局领导的要求。

"还有,考察队需要马驮人,需要牦牛驮医疗设备,你也要安排到位,他们有二十几个人过来啊!"

"这个也没问题,我一定给他们安排得好好的,我就给他们找最老实的牛、最温顺的马、最可靠的牧民!"贡拉连连向州文化局领导保证。

贡拉回到雪山乡后,很快就和乡里的领导展开了一系列部署工作,为考察队队员每人配备了一匹马以及负责拉设备的牦牛。两个牧民负责照看马匹,两个牧民负责照看十头牦牛。贡拉至今还记得,雪山乡的牧民,为了欢迎考察队的到来,都纷纷表示,酸奶免费供应考察队队员喝,羊肉、酥油、曲拉(奶渣)等吃食的价格远比市场上卖得便宜。

一九九〇年夏季,贡拉见到了带队前来考察的吴天一。贡拉没想到,这位著名的"藏族人民的好曼巴",虽然已有五十多岁,但长相帅气,双眼亮如宝石,皮肤白皙,个子瘦小,行动敏捷,简直像个年轻人哪!

考察队从雪山乡政府出发,走了一天,来到了黄河流域最大的冰川——哈龙冰川地带的哈龙口。这时,天已经黑了,考察队在哈龙口安营扎寨,打算休息一夜,第二天继续向前挺进。

入夜后,中日考察队的队员都睡了,可贡拉发现,有一个人却久久地徘徊在雪水消融、溪水匐匐的哈龙口岸边。璀璨的星光清晰地勾勒出了这人瘦小的身影。这不是吴医生吗?

"吴医生,你怎么还不睡?"贡拉走过去问他。

"睡不着,心早已飞上了阿尼玛卿山!"

"早点睡,明天上山才有精神!"

"好的,谢谢贡拉!"

吴天一人虽然已经进了帐篷,但帐篷里那束小小的光还亮了很久。贡拉悄悄走过去探看,发现吴医生正就着小小的手电筒之光在一个本子上写写画画。

"吴医生,还不睡呀?"

"我很快就睡,就记录一下今天的所见所闻。"

"吴医生您真勤快!"贡拉由衷地感叹。

可第二天,贡拉却忍不住把他十分敬佩的吴天一医生"训斥"了一顿。

天刚蒙蒙亮,贡拉就被一阵马蹄声惊醒了。原来,是吴天一在策马驰骋呢!吴天一在果洛州当过骑兵,骑马对他来说,那可是家常便饭。可他也未免起得太早了。"吴医生好像一夜都没睡啊,这人精力也太充沛啦!"贡拉起了床,走出帐篷,发现是个大雾天。哈龙冰川和阿尼玛卿山被大雾笼罩,一切都影影绰绰的,唯有从哈龙口传来的河流声,哗啦哗啦,清晰地传入人的耳朵。

贡拉跑到河边一看,发现水流湍急。

"呀，冰雪融化成大水啦，今天还能过河吗？"贡拉自言自语。

"一定要过河呀，夏季时间最宝贵，我们必须抓紧一切时间完成考察任务！"吴天一骑着马，在贡拉身后，对他高声说道。

"可是河水太急了，我怕有危险！"贡拉担忧地说道。

"有你们这些有经验的牧民，我们不怕！"吴天一坚定地说。

考察队在吴天一的坚持下，很快走进了哈龙口的河道。牛马在河水中颠簸着，中日两国的队员们在过河时脸色都十分严峻。只有吴天一在河水中策马扬鞭，一会儿就上了对岸，身影隐没在了浓雾中。

"吴医生！吴医生！"贡拉冲对岸的那片浓雾喊道。

可没有人回应。

这时，一阵大浪打来，把一头运送小白鼠的牦牛打得趔趔趄趄。有许多小白鼠被大水冲走了。

"吴医生，快回来，小白鼠被冲走啦！"贡拉一边大喊，一边手忙脚乱地把牦牛拉上了岸。他清点了一下，大约损失了一百多只小白鼠。

一会儿，吴天一骑着马回来了。看到那些惨不忍睹的小白鼠，吴天一顿时急得满头大汗："这可怎么办？小白鼠可是重要的实验品啊！"

贡拉忍不住冲吴天一发了火："就你厉害，作为领队，自个儿先跑得没影了，你看出事了是不是？怎么可以如此没有组织性、纪律性呢？"

"对不起，对不起，我只是想到前面去探探路！"吴天一连忙向贡拉道歉。接着，吴天一又连连叹气："唉，小白鼠丢了这么多，这可如何是好？唉！"

"吴医生，我们当地的鼠兔可以做实验吗？"贡拉忙问。

"可以呀！"吴天一回答，立刻转忧为喜，"还是你聪明！"

于是，那天渡过哈龙口后，贡拉就开始组织当地牧民抓高原鼠兔。十多个牧民抓了两三天，就送来了六百多只高原鼠兔。

"哈哈，谢谢，谢谢！还是贡拉有办法！还是牧民大哥们有办法！"面对那六百多只高原鼠兔，吴天一高兴得哈哈大笑，连连赞叹。

可是第二天，吴天一又"失踪"了。他们的大本营驻扎在阿尼玛卿山的一块平地上，因为海拔超过了雪线，即使是夏天，这里依旧白雪皑皑，一片银装素裹。

而在这个中日大本营上方，中方还在海拔五千五百米的地方有个营地。在中日大本营住下后，吴天一每天都要去海拔五千五百米的营地做测试，给小白鼠、高原鼠兔打针、抽血等，测试点有好几个。一天，他和贡拉等人骑着马去几个测试点做测试工作，可是，走着走着，贡拉发现，吴天一和马又不见了，消失在一片茫茫冰雪之中。

"吴医生，吴医生，你在哪儿？"贡拉大喊。

却没有人回答他。

原来，吴天一策马驰骋间，误入了一个冰湖，钻进了一片冰峡谷，四周都是晶莹剔透的冰柱、冰斗、冰岩。大自然的神奇美景，把吴天一深深地迷住了，使他流连忘返。

贡拉好不容易才找到他。自然，吴天一这个

赫赫有名的医学专家，又受到了贡拉一通善意的"批评"。

这两次"失踪"经历，这两次受"批评"的经历，即使过了三十多年，吴天一依然没有忘记，贡拉也没有忘记。吴天一还开玩笑说，他有点怕贡拉呢！

雪山上的较量

中日联合医学学术考察队初到阿尼玛卿山时，中方考察队队员和日方考察队队员本来是分成单独的两个组安营扎寨，各吃各的伙食。

当日本队员在营地插上他们的国旗时，吴天一也对中国队员说："来，我们也把五星红旗插上吧，我们的营地在他们上方，我们的五星红旗一定比他们飘得更好看！"

很快，鲜艳的五星红旗，就在阿尼玛卿山上高高飘扬起来。雪山洁白一片，红旗如熊熊的火焰，把阿尼玛卿山映得熠熠生辉。

看着中方考察队队员在吴天一的带领下，每天都忙忙碌碌又朝气蓬勃的样子，日方有个年轻的大学生表示很不服气。

他为自己国家拥有先进的医疗设备、高学历且体格健壮的研究人员而感到自豪。看吴天一废寝忘食地工作，而且还见缝插针地跟他们学日语，这位大学生面露讥诮之色，说："他这个老头儿再努力，也赶不上我们！"

更登当时才二十来岁，血气方刚，听日本大学生如此讽刺他的恩师，一下子火了："你说什么呢？你这个小年轻，竟然敢轻看我的老师，真是不知天高地厚。我看啊，你根本不配跟我的老师比！"

"那就让你的老师跟我比比吧！"

"比就比！"更登代老师接下了这份"挑战书"。

当两位年轻人闹到吴天一面前时，吴天一淡淡一笑说："这有什么好比的呀？"

"吴医生，难道你怕啦？"日本大学生说道。

"不是怕，我们没有可比性，你看，我都五十六七岁了，而你才二十出头，你有新鲜的学识，而我有多年的高原病研究经验，我们没有可比性啊！"

"哈哈，还是来比一比吧！"日本大学生坚持要比。

"那好吧，那咱们就来比个最简单的，俯卧撑，可好？"

"好好好！"日本大学生喜笑颜开，因为自己年轻嘛，正是生龙活虎的年龄，要跟一个年过半百的瘦小老头儿比，那肯定包赢的。

比赛开始了，中日两国的考察队队员分成左右两拨，各自簇拥着自己的"选手"。日方阵营中传出一阵阵的加油声；中方阵营中，有人淡定微笑，有人为吴天一举拳助威，有人很关切地拉着吴天一的袖子说："吴医生，等下注意不要闪了腰！"贡拉很担忧地看着吴天一，说："吴医生，要不换我跟他比，毕竟他年轻你三十多岁啊！"

"没事，你们放心，等下准有好戏看！"平日常跟随吴天一左右的更登，则胸有成竹地说道。

比赛开始了。

日本大学生迫不及待地俯下身子，把双手撑在地上，嘴角挂着一丝微笑，静静瞪着吴天一。

雪山上的较量

只见吴天一不慌不忙地趴下身子,把双手缓缓往地上一撑。

"开始!"只听更登一声令下,吴天一和那日本大学生立刻一起一伏地做起了俯卧撑。

"一,二,三,四……"大家一起为他们计数。

呀,才数到九个,就有人气喘吁吁地趴在地上再也起不来啦!不是年过半百的吴天一,而是年轻力壮的日本大学生!

"呼呼,呼呼……"那大学生气喘如牛,跟他的同伴断断续续地解释,"海……拔高,空气……稀……薄,我……不行了!"

"唉……"日方队员们纷纷叹气。

再看吴天一,还在镇定自若地做俯卧撑。中方队员在齐心协力地为他数数:"二十五,二十六……三十七,三十八……四十九,五十……"

"好了好了,这个回合你们赢了,我们再找机会切磋!"日本大学生羞赧地把吴天一从地上拉起来,说道。

"行,我看不用另找机会了,我们今天就继续比赛吧。还要比什么,你来挑!"吴天一微微喘着

雪山上的较量

气，平静地对那日本大学生说道。

"比……比……"日本大学生一时想不起要比什么。

他的一位好朋友提醒他："你在学校里可是游泳健将，不如跟吴医生比游泳！"

他们说的是日本话，可吴天一听懂了，说："好啊，那就比游泳吧！"

到哪里游泳呢？那时虽然是夏季，可在阿尼玛卿山上，除了冰雪，哪里有游泳池呢？

对了，山下有条溪流，那是一条由雪水融化成的河，是黄河的源头之一。

不一会儿，中日双方的队员再次簇拥着自己的"选手"，来到了雪水河边。

这回，吴天一痛痛快快就把外套脱了，对那位年轻的日本大学生说："这里海拔高，空气稀薄，很容易感冒。要是得了感冒，后果就严重了，你可要想好了，要不要下水跟我比试！"

说着，吴天一就脱掉内衣，只留一条短裤，扑通一声跳进了雪水河，畅游起来。

而那个日本大学生，刚刚把外套脱了，就打了个寒噤，还大声地打了个喷嚏。喷嚏打完，他就不敢再脱衣服了，而是面红耳赤地站在岸边，无地自容地说："我认输，我不敢下水！吴医生，您赢了，我打心眼里服了您，佩服您！"

就这样，吴天一用自己强健的体魄，真心赢得了日本人的尊敬。

从那以后，那位日本大学生，就成了吴天一的"忠实粉丝"——他们还真是不打不相识呢！

一个星期过去了，日本考察队队员所带的粮食吃完了。吴天一很大度地对他们说："来吧，到我们这边来一起吃吧！"

"好的，我们来！"那个年轻的大学生第一个响应吴天一的建议，把饭盒一拿就颠儿颠儿地跑过来了。其他日本队员见状，也忙不迭地加入其中。这下呀，两国考察队队员之间的距离一下子就缩小了，大家一起吃饭，一起唱歌跳舞，一起用汽油喷灯照明，一起用发电机发电做实验。

没多久，中日两国的所有队员都成了好朋友。

吴天一学语言很有天赋，半个月后，就能用日语跟日本队员顺利地进行日常对话了。

"吴医生，你简直是传奇呀！"那位年轻的日本大学生对吴天一越来越钦佩，竟然把他当成一个传奇来崇拜。看到吴天一骑着马去给雪山乡的牧民们看病，他也会跨上马追过去，做吴天一的小徒弟。

"你看看你，都快把我的恩师变成你的恩师啦！"更登跟那个日本小伙儿开玩笑。

没想到，日本小伙子非常严肃地对更登说道："吴医生就是我的恩师啊，是我一辈子最难忘的恩师呢！"

"哈哈哈，你也是我的恩师，你教了我好多日语啊！"吴天一大笑，他也打心眼里越来越喜欢这个日本小徒弟了。

可惜，这样友好的交往，最后却因日本考察队先行离开而终止了。因为日本队员生活在海平面地区，对缺氧反应敏感，他们中的大多数人，都在阿尼玛卿山上发生了明显的高原反应。当吴天一跟日本队员们商议向特高海拔地区突击时，日本队员都纷纷表示，他们上不去了。

其实，日本考察队在领队酒井秋郎的率领下，早在一九八五年就来到阿尼玛卿山海拔四千米处，并在那里设立了高山实验营地，进行了长达五年的适应性训练。谁知刚到海拔五千米的营地，日方就有三人被抬下山急救，其余六人也呼吸困难。

吴天一对酒井秋郎说："再上吧！"

酒井秋郎无奈地回答："我们还想活着回去。"

"老师，我们的身体承受不住这高海拔的缺氧状况了，不得不提前撤退了，非常遗憾，在这一点上，你们中国人再一次赢了我们！"那位日本大学生在跟吴天一告别时，是如此依依不舍，流下了惜别的热泪。

"感谢你们的到来，阿尼玛卿山会永远记住你们攀登的足迹的！"吴天一眼眶里满是泪水，紧紧拥抱了他的这位日本"学生"……

日方队员撤离后，吴天一毅然带领中方队员向阿尼玛卿山的更高处攀登。

雪山寒冷，他们不怕！高山缺氧，他们无惧！道路艰险，他们无畏！吴天一带领着中方队员，在贡拉和牧民们的支持下，不断向雪山顶进发，最终在海拔五千六百二十米处，建立了超高海拔的高山实验室，做完了一系列研究，取得了宝贵的第一手资料，受到了日本和其他国外同人的一致称赞。

此次考察成果丰硕，一九九二年，吴天一的报告引起高度关注，国际高山医学协会授予他"高原医学特殊贡献奖"。

第一个人体试验者

在田野调查和攀登阿尼玛卿山的同时，吴天一也不忘科学研究，甚至不断挑战自己的身体极限。二十世纪九十年代初，他设计了一个高低压氧舱，是全球首个可模拟上至高空一万两千米、下至水下三十米环境气压的综合氧舱。

这个高低压氧舱听上去像是个笼子形的小舱，但凡第一次到青海省高原医学科学研究院见到这个高低压氧舱的人，都会大吃一惊——原来，它竟大得像一座小房子，重达一万八千二百五十公斤！

其实，它很像高铁火车的一节车厢，椭圆形，下蓝上白，犹如大海和天空在这个试验舱里静静地拥抱在一起。这个高低压氧舱模拟的不就是人在天空和海底的生存环境吗？

在测试这个高低压氧舱的功能时，吴天一用很多动物做过试验，小到白鼠，大到老牛，它们都安然无恙。但是，还需要人体试验啊！毕竟，这个高低压氧舱不是给动物用的。

第一次人体试验谁来做？

"我来吧，我年轻！""我来！""我来！"吴天一的学生和助手更登、王晋、刘世明等人都纷纷表态，要做第一个"人体小白鼠"。

"我是设计师，还是我进！"吴天一拦下了几位年轻人，说，"你们还年轻，万一出了事，我可舍不得！"

"那您呢？""我们也舍不得您啊！"学生们都担忧地说。

"我呀，你们也知道，反正我是个'粉身碎骨'之人。要是我进去出了什么事，那也无非是多了一处伤痕而已！"

说着，吴天一毅然拉开高低压氧舱的舱门，平静地走进试验舱，躺在试验椅上。

试验开始了，当大气压从海拔八千米的标准开始下降，降至五千米时，由于降速太快，瞬间，吴天一头疼欲裂，只听右耳嘭的一声，鼓膜破了。

一阵疼痛传遍吴天一的全身，他忍不住"啊"地叫出声来。顿时，他的右耳内出现了剧烈的耳鸣，像有大风在吹，像有海浪在摇，像有流沙在沙沙地滑动……

当吴天一走出试验舱，助手们发现，他的耳朵在流血，他的右耳听不见了。

"啊，真对不住，降速太快了！"出舱后，操作设备的空军总医院工程师连忙道歉。

"老师，您怎么啦？"更登等人则带着哭腔喊道。

"可能是鼓膜破了，不是什么大事，你们放心！"吴天一淡定地冲助手们挥挥手，说，"骨折都能很快长好，鼓膜破了也会很快长好的，外伤性鼓膜穿孔是可以自我修复的，你们放心，放心！"

结果，他的话反而惹得几个助手都心疼得流泪了。

"老师，您为高原医学研究付出太多啦！"更登一边为他的耳朵擦去血迹，一边感叹。

"比起那些把生命献给青藏高原的人，我这点伤算啥？"吴天一反问更登。

更登低头无语，只有泪水在悄悄滑落。

"你呀，站起来比我高这么一大截，怎么还像个孩子？"吴天一伸手捶了捶更登的肩膀，对他说，"这次试验，我们离成功又近了一步，这是大好事啊！快笑一个！"

吴天一说着，自己先哈哈大笑起来，几位助手只好跟着笑了起来，但因为心疼老师，助手们的笑，比哭还难看……

几个月后，吴天一破损的鼓膜长好了，他又一次跨进了试验舱。结果，因为气压下降的速度没有掌握好，他刚刚长好的鼓膜，再一次破裂了。

这回，除了助手对他万分心疼，吴天一的爱人也忍不住含泪说道："我早说过，你的身体不仅仅是你自己的，还是我们这个家的。你总是这样拼命，你常常这样受伤，我是看在眼里，痛在心里啊！你就不能找人替代你一下吗？"

"我的试验，怎么能叫别人替代呢？没事的，你放心，鼓膜破了很快就会长好的，上次不就长好了吗？你也是学医的，这道理你都懂，你只是舍不得我，对不？谢谢我的好夫人！"吴天一对妻子又是哄又是劝，惹得妻子只好嗔怪道："你呀，你这只塔吉克族的雄鹰，不让你试飞，我还能怎么办？"

结果，这高低压氧舱的试验做了好多次，吴天一的鼓膜也一破再破，直到第四次破掉的鼓膜长好了，试验才真正获得成功，因为他真正摸清了舱体运转的安全系数。对此，吴天一深有体会："高原医学研究还是和别的科学领域不太一样，它就是和缺氧环境打交道，我们不是到高原海拔四千米、五千米的现场，就是进入低压舱，一小时内将气压模拟降低到海拔四五千米的状态。研究人员必须要自己亲身接触低氧环境，感受低氧的影响。如果没有为科学献身的精神，就很难得到你应该得到的成果。"

这成果来之不易，试验成功的那一天，吴天一和助手的欢笑声，几乎都要把实验室里的屋顶给掀了。

不久，大家为这座国产高低压氧舱举行了启用揭牌仪式。

吴天一登台致辞，只字未提自己的奉献和付出，而是即兴引用了一段毛泽东同志的诗词："可上九天揽月，可下五洋捉鳖，谈笑凯歌还。世上无难事，只要肯登攀。"

这诗词引用得太好了。前三句正好暗合高低压氧舱的作用和研究获得成功，后两句，说的不就是高低压氧舱的研究过程吗？

"世上无难事，只要肯登攀。"这也正是这么多年来吴天一的医学研究之路的真实写照啊！

因为长年累月在高海拔地区做田野调查，他遭遇车祸无数次，全身多处骨折，右大腿里至今还装着一块钢板。不过，吴天一说他早已学会了和这块钢板和谐共处。

"你们看，我站得多好！"每次遇到记者采访，他几乎都会向记者们展示他的站姿，是那么挺拔，那么从容。尽管如今他已接近鲐背之年，但他还像一个年轻的战士那样朝气蓬勃，坚定自信。

吴天一还常跟人开玩笑说："我有一双'狼眼睛'，你们相信不？"

"您怎么会有一双狼眼睛？"初次见到吴天一的人，都会被他的这句话逗乐，然后忍不住盯着他的眼睛看。

"您的眼睛看上去一点儿也不像狼眼睛啊！"别人很纳闷。

吴天一就像孩子似的笑了，颇得意地说："这眼睛，白天看着是一双人眼，可到了夜里，它会发绿光，就像真正的狼眼睛！"

"怎么会？"别人越发纳闷了。

"难道您是传说中的狼人？"有人跟吴天一开玩笑。

"No，no，no，我不是狼人，我这双眼睛，是装了人工晶体的，所以夜里会发绿光。"吴天一见别人"上当受骗"了，便开心地揭开了谜底，"因为我多年在雪山做高原病研究，雪山上白雪皑皑，一片银色，对紫外线的反射特别强，所以我在四十多岁就患上了白内障，后来眼睛做手术植入了人工晶体，一到夜里眼睛绿莹莹的，就变成了一双'狼眼睛'，哈哈哈……"

吴天一总是这样豁达地面对伤痛，眼睛是人工晶体的，他说是"狼眼睛"；浑身上下大大小小骨折无数次，他就说自己是个"粉身碎骨"之人。

"我呀，就剩一颗丹心，是完整的！"吴天一又笑着调侃道。

其实，这根本不是在开玩笑，而是他一心一意为高原医学事业做研究、为生活在青藏高原的同胞做贡献的明证，正如明代于谦和宋代文天祥的诗："粉骨碎身浑不怕""留取丹心照汗青"。

马背上的院士

二〇〇一年,吴天一当选为中国工程院院士(医药卫生学部),成为从青海省地方科研院所里走出来的第一位工程院院士,同时也是塔吉克族的第一位院士。

吴天一最突出的医学成就在人类高原适应学科领域,他开拓了"藏族适应生理学"研究,并从整体、器官、细胞和分子几个水平上,提出了藏族已获得了"最佳高原适应性"的论点,这是长期"自然选择"遗传适应的结果,为人类低氧适应建立起一个理想的生物学模式。吴天一对发生在青藏高原的各型急、慢性高原病从流行病学、病理生理学和临床医学做了较系统的研究,他所提出的慢性高原病量化诊断标准被国际高山医学协会接纳为国际标准，并被命名为"青海标准"。二〇〇五年，"青海标准"在国际上得到统一应用。

当吴天一当选院士的消息传到果洛州雪山乡时，贡拉这位老朋友连忙带着儿子，坐车赶了三天路程，来到西宁，只为了给吴天一院士献上一条洁白的哈达，表达心中的敬意。

贡拉拉着儿子给吴天一院士敬献哈达时，动情地说："吴医生，我们青藏高原上的牧民，会永远记得您的恩情！"

"是我要永远铭记你们的恩情，铭记你们对我医学研究上的支持和帮助！"吴天一也动情地说。

"呀，吴医生您真是太谦虚啦！我知道，您不仅在高原病研究上是全世界成绩最突出的人，而且还全心全意地为我们藏族同胞治病，救了无数人的性命啊！"贡拉的儿子，紧紧握着吴天一的手，感动地说，"我阿爸老是跟我提到您，叫我们年轻人要向您学习呢！我特别佩服您，您不仅医术高超，而且骑术也很高明，以前大家都喊您为马背上的好曼巴，现在啊，应该叫您马背上的大院士啦！"

"哈哈,我个子不高,人也瘦小,还是叫我'小院士'吧!"吴天一风趣地对贡拉的儿子说道,"有时间,我倒是很想跟你比一比骑马呢!"

"不敢,不敢,您可做过正宗的骑兵啊!"贡拉的儿子连说不敢。

吴天一又幽默地说道:"有什么不敢啊?那时在阿尼玛卿山做考察,我因为骑马走快了点,还被你爸爸骂过几次呢!我呀,就怕你爸爸这个大管家,哈哈哈……"

"啊呀,不好意思,不好意思,那时还真的批评过您哪!"贡拉说着,脸涨得通红。

很快,这对老朋友就陷入了对往事的共同回忆中。

吴天一对自己的骑术颇为自信,笑称自己是塔吉克族的好骑手。"我经常可以从山上一个斜坡子冲下来,所以说我看病还没出名时,骑马已经先出名了。"

其实,在高海拔地区,骑马并不是主要的出行方式,但吴天一最喜欢骑马,因为这样方便他到偏远地区的藏族同胞家里去诊病、调研。

"哪里高，就到哪里去。因为只有这样的地方，才是真正的原生态，取得的数据才能真正反映人群的生理状态、代谢状态，所以我取得了十万份数据，在世界上没有任何人有这样的数据。"吴天一自豪地说。

这时，吴天一的助手更登在一旁笑着对贡拉的儿子说："大家为啥叫他马背上的好曼巴？因为他看病很热情，藏语说得很流利。藏族群众一看，省里的大夫专程到我们家里来看病，很不容易，所以大家都特别喜欢他，就纷纷喊他'马背上的好曼巴'啦！"

"全靠我的夫人，还有女儿理解我，包容我，我才能一心一意骑着马在整个牧区'瞎逛'呀！"吴天一又幽默地说道。

"是呀，是呀，你的'瞎逛'，都把自己逛成青海省的第一位院士啦！"贡拉顺着吴天一的语气说道。满屋子的人顿时笑成一团。

贡拉和儿子回果洛州去了，可吴天一这个"马背上的院士"，却依然和家人、助手一起沉浸在那些"马背岁月"的回忆里……

那时,吴天一总是白天骑着马,带着检查设备,奔波在海拔四五千米的高原上。晚上,伴着发电机嗒嗒嗒嗒的轰鸣,吴天一开始在灯下记录一天的行程和数据。

有一天,吴天一骑在马上,看着前面牦牛驮着的仪器,脑子里突然灵光一闪,想起了白求恩医生设计的"卢沟桥"式的药驮子。

吴天一想:我长年累月带着这些设备东奔西走,要是也给我们这些牦牛的背上装上"卢沟桥"式的药驮子,那该多方便!手随心动,说干就干,吴天一和助手一起,很快就为他们的心电图、血氧、超声等仪器量身打造了一个个木箱和木架,做成了一座座"卢沟桥",驮在牦牛背上,这样一来,他们运送实验器材就方便多了,又好装又好卸,惹得助手们纷纷夸赞吴天一聪明。

而每次他们到了一个新地方,吴天一并不忙着跟当地的联络人亮身份、说来意,而是先献上一条哈达,送上一包茶叶。还没开口,对方已经先从这些细节中感受到了考察队带来的温暖。

"在牧区,让大家愿意配合你的工作,拿出一份文件可没什么用。牧民看重的不是你是谁,而是你这个人怎么样……"吴天一想起那些"马背上的快乐时光",话题不由得越聊越长。

那时,他们每到一地,就会搭起简易的"马脊梁"帐篷。这帐篷,紧贴着雪山草地,紧挨着雨露星辰,紧靠着戈壁冰川,夏天热,冬天冷,外面下大雨落大雪,里面下小雨落小雪。起大风时,它抖得像只蝴蝶,落冰雹时,它就像大鼓一样砰砰作响。这帐篷,往往扎在生命禁区,却帮助吴天一和他的助手们把医学实验室建在了世界屋脊,建在了藏族同胞们的心坎上,建在了高原病医学的最前沿。

那时,吴天一常常收到妹妹的来信,信里总是捎带着他们年迈父母对吴天一的期盼之情。两位老人日思夜想,总是希望自己的儿子能带着妻女去美国定居,一家人过上团团圆圆的日子。

父母总说,他们亏欠了吴天一三十多年的父爱、母爱,想给儿子补上。

妹妹常说,美国的医学研究设施更好,生活条件也好,希望哥哥能在美国发展自己的事业。吴天一不得不含泪拒绝父母和妹妹的好意,他在回信里说:"高原医学只能诞生在青藏高原,这里是我科研的根,是我事业生命的根。"

就这样,吴天一坚定地留在了青藏高原上,与"马脊梁"帐篷为伴,一步一个脚印,把自己的根深深扎在这片沃土,最终成了令青藏高原骄傲的中国工程院院士,令贡拉这样的藏族同胞敬佩不已的马背上的好曼巴。

十四万筑路大军的"保护神"

二〇〇一年六月二十九日,青藏铁路开工典礼在青海格尔木市和西藏拉萨市同时举行。青藏铁路由西宁至拉萨全长近两千公里,其中西宁至格尔木八百多公里的一期工程,已于一九七九年铺通,一九八四年投入运营。

二〇〇一年六月二十九日开工的青藏铁路二期工程,是从格尔木至拉萨段的建设工程,全长一千多公里。二〇〇六年七月一日,青藏铁路全线建成通车。

青藏铁路,是我国实施西部大开发战略的标志性工程,是通往西藏腹地的第一条铁路。

青藏铁路,是世界上海拔最高的铁路。在全长近两千公里的青藏铁路线上，海拔高度在四千米以上的地段达九百六十公里，其中，路基的最高点海拔为五千零七十二米。

青藏铁路，是世界上穿越多年冻土区最长的铁路。青藏铁路的修建要面对两大技术难题，即冻土和高原问题。其中常年冻土地段约五百五十公里，是全球目前穿越高原、高寒、缺氧及连续性永久冻土地区最长的铁路。

青藏铁路，是世界上修建难度最大的铁路。除了高原、冻土之外，另一大难题就是缺氧。由于缺氧和低气压，人的机体会发生一系列复杂的适应性或代偿性变化，这会对人的身心健康、劳动能力造成极大的影响。

青藏铁路，也是我国考虑环保因素最多的一条铁路。铁路修建过程中，将采取以桥代路的措施，为野生动物提供迁徙的通道。

青藏铁路的建成，会对改变青藏高原贫困落后的面貌、增进各民族的团结进步和共同繁荣、促进青海与西藏经济社会又好又快地发展产生广泛而深远的影响。

青藏铁路二期工程，共有十四万筑路工人投身于轰轰烈烈的建设大潮之中，这十四万筑路工人，没有一人因高原病死亡。他们的"保护神"，就是吴天一。

作为青藏铁路二期工程建设高原生理专家组的组长，吴天一曾一次又一次带队奔波于青藏铁路沿线，研究制定了一整套卫生保障措施和急救方案，推动工程全线配置了十七个制氧站、二十五个高压氧舱，而且铁路沿线平均不到十公里就有一座医院，工人生病在半个小时内就能得到有效治疗。

他研制的高压氧舱，成了筑路工人最好的保护舱。

吴天一说："一旦急性高原病发作，患者应立即进入高压氧舱，这比吸氧等手段都有效，这也是最重要的抢救手段。国家支持建设了十七个制氧站、二十五个高压氧舱，基本上一路密布，保证了每个发病的人都能得到最有效的治疗。"

当时，奋战在海拔五千余米风火山隧道的工人们，每半小时，就得到高压氧舱吸一次氧。

高压氧舱就像一节火车车厢，里面有空调，有躺椅，也有座椅，筑路工人进去吸氧，可以躺着，也可以坐着，都会感到舒适温暖。

很多工人见了吴天一，都一个劲儿地感谢他。

面对工人的夸赞与感谢，吴天一真诚地说："不用谢，这是应该的呀！咱们青藏铁路建设沿线，基本上都是生命的禁区，要是没有这些保护措施跟上来，那你们的生命安全就得不到保障了。你们为了建设青藏铁路而拼命，我要为保护你们而拼命！"

吴天一日日夜夜挂念着十四万筑路工人的安危，给每个工人都准备了一份高原病防护手册。手册上"吴天一"的名字，就像一双温暖的手，呵护着筑路工人的安全和健康。

为了确保大家平平安安地上班、高高兴兴地下班，大到氧舱建设，小到筑路工人起夜，吴天一都事无巨细地全考虑到了。

如今，每当回忆起青藏铁路的建设过程，许多老工人还念念不忘"一泡尿"的故事。

那时，有些工人白天干活儿都好好的，可到了夜里却病倒了。吴天一去给工人看病，发现病倒的

十四万筑路大军的"保护神"

工人大多是因为夜里起来小便时着了凉。

只是一泡尿的事,却把好多壮汉都撂倒了。

吴天一深知这"一泡尿"的事绝不是小事,因为高原夜晚寒冷,一旦感冒引起高原肺水肿就麻烦了。在他的建议下,每个施工队都安装了带暖气的卫生车(也叫流动厕所)。这种卫生车直接与筑路工人的宿舍连接,这样,大家晚上起夜就不会挨冻,还大大减少了环境污染。这一措施,受到了全体筑路工人的热烈欢迎。

说起这保暖卫生车的安装,还离不开这样一位医生的具体实施呢!这位医生,名叫刘京亮。

刘京亮是个内科大夫,在中铁十二局工作。当单位要调他来青藏铁路建设处工作时,他的儿子非常担心,拦着不让他走,说青藏铁路沿线那是人待的地方吗,不要站着去了,到时躺着回来。刘京亮心里也想为青藏铁路修建贡献自己的力量,但又怕真的像儿子说的那样,站着去,躺着回。他答应儿子:"我先到西宁去考察一下再说。"到了西宁,人生地不熟的刘京亮,居然直接拨打了114电话,问西宁有没有高原病医院。114告诉他,西宁有个专门研究高原心脏病的研究所，所长叫吴天一。

吴天一的大名，刘京亮是听说过的，也深深敬佩他的为人。当刘京亮通过114查到吴天一的电话时，他便惴惴不安地拨通了吴天一的电话。

刘京亮万万没想到，吴天一会那么热情。

只听吴天一在电话里说道："你来，明天正好是星期六，你到我家来吃饭，咱们好好聊聊！"

第二天一大早，刘京亮就迫不及待地去了吴天一家。吴天一连忙给他泡茶，跟他解释高原病的发病原因，介绍自己和助手们十多年的高原病调研经历，讲起在阿尼玛卿山上和日本大学生较量的故事，又讲到青藏铁路建设是多么需要医生的参与，因为保证筑路工人的身体健康、生命安全，就是保证青藏铁路的顺利建设、如期完工。

刘京亮听得入迷了，不断催促吴天一多讲点，再讲点，结果他们从早上一直聊到中午十二点，直到吴天一的爱人催他们吃饭，吴天一才暂时按下了他的"暂停键"。这只塔吉克族的雄鹰，真不愧是从小给同伴们讲塔吉克族传说的"故事大王"啊！只不过，小时候他讲的是神话传说，而现在，他跟刘京亮讲的都是真实存在、感人至深的亲身经历。

刘京亮听得是如此感动，以至于午饭后，他又缠着吴天一讲了两个多小时的"故事"。最后，他完全打消了内心的顾虑，高高兴兴地留在了青藏高原。后来，他成了吴天一的得力助手。

当吴天一提出要注意筑路工人的"一泡尿"问题、为筑路工人做保暖卫生车时，刘京亮便立马着手实施。

很快，筑路工人的宿舍便与保暖卫生车连在一起，从此，再也没有人因为夜里起来小便而得病了。

在工作中，刘京亮对吴天一也越来越佩服。他说："因为有吴天一这个'守护神'，五年里，十四万人的筑路大军在平均海拔四千五百米的地区连续高强度作业，却没有一人因高原病死亡，这是高原医学史上的奇迹。要说我在这世上最佩服的人是谁，那就是我们的吴天一院士！"

擅长医学的"语言学家"

吴天一自小就表现出了很好的语言天赋。

小时候,他爱给人讲塔吉克族的民间故事,讲得绘声绘色,常赢得小朋友们的满堂喝彩。

在中国医科大学求学期间,他的英语、俄语成绩非常突出。

在朝鲜平壤的五一二医院工作时,不到一年时间,吴天一便能熟练地讲朝鲜语,与朝鲜老百姓无障碍交流。

为此,大家都夸他是语言学方面的天才。

可他自己却说:"有点天赋是真的,但最重要的还要肯学、勤学!说来也巧,刚到青海不久我就看到一则举办藏语学习班的告示。想着没准儿以后能用得上，就报了名。学习了几个月之后，觉得很有意思，又自学了很长时间。"这段奇妙的缘分在此后成为吴天一开展工作的最佳助力。

在高原医学研究中，吴天一是公认的勇者与智者。他精通英语、俄语。陪同外宾访问时，他地道的英语令美国科技参赞都惊诧不已。

多种语言的熟练运用，架起了他登上世界舞台的阶梯。作为首位向世人系统性介绍高原肺水肿和成人高原心脏病的学者，他根据险境中求得的数以万计的科学数据，撰写成一百多篇论文。其中，探究青藏高原人体低氧适应问题的论文，荣获世界高原医学界的认可；探讨高原病命名与分型的论文被收录于国际科技资料数据库。

吴天一退休后，曾在西藏大学担任了十五年的特聘教授。他对此非常认真，每年都要去西藏待两三个月，还到西藏各地做医学调研，为牧民看病。

"到牧区以后，总觉得院士变了个人似的，精力特别旺盛，一边给牧民诊治高原病，一边收集数据和材料。我很佩服他能把藏语说得那么好！他常穿着皮袄、戴上毡帽去牧民家,用地道的藏语与牧民们唠嗑,顺便就把各种素材也收集了,看他工作,真是举重若轻啊!但也只有我们这些在他身边的人才知道,在这'举重若轻'背后,吴院士是花了大量心血去学习、钻研的,学语言也是这样。"在青海省心脑血管病专科医院中心实验室主任刘世明眼中,吴天一是个非常勇敢兼具智慧的人,更是一个非常勤奋好学的人。

吴天一第一次去西藏自治区林芝市墨脱县时,为了便于跟当地的门巴人、珞巴人交流,竟然"开了大半宿的夜车——临时抱佛脚,背门巴语"。

第二天到了牧区,在为牧民诊病时,吴天一立马开始活学活用,用门巴语询问病人:"你身体怎么样啊?""你哪里不舒服啊?""请把舌头吐出来我看看好吗?"

哇,门巴人和珞巴人太高兴啦,他们万万没想到,像吴天一这么有名的老医生,竟然会说他们的语言!顿时,他们感觉面前坐着的并不仅仅是一位医生,还是一位非常关心他们身体的亲人呢!

顿时,"吴大夫会说门巴语,是我们的亲人"

这消息就像长了翅膀似的,飞遍了墨脱县的各个角落,一个个门巴人、珞巴人就像赶集似的,纷纷拥来找吴天一看病。

"这怎么行?吴院士要被累坏的呀!"助手拦着门,不想让太多的牧民进来。可吴天一却笑着冲他们招手:"进来吧,进来吧!"

不少牧民身体其实没啥毛病,他们来也只是为了看看这位神奇的名医,这位懂他们的语言、特别关心他们的好医生。

吴天一照样尽心尽力地为他们听诊、把脉,还给他们送上维生素片,嘱咐他们要多保重身体。

"这个吴院士,也太好了嘛!"有位老汉,从吴院士手中接过药后,只这么喊了一声,就转身跑了出去。但不久他又回来了,怀里抱着一只小羊羔说:"吴医生,我没什么好感谢您的,这只小羊羔您就收下吧!"

"这可使不得,千万使不得,我来为你们诊病,是应该的,国家给我发工资的!"吴天一连忙推辞。

牧民却一定要把小羊羔塞给他。吴天一不得

已,只好说:"我抱回去确实也没地方养,这样吧,我就算收下了,但把它寄养在你家,以后呢,就算我送给你家孙子的礼物吧!"

绕口令似的绕了这么一圈,那只小羊羔最终被牧民高高兴兴地抱回去了。

"好医生啊,真是我们门巴人的亲人啊!"老牧民离开时,一个劲儿地喃喃自语。

入夜了,高原上新月弯弯,繁星点点。在那星月底下,大地一片沉寂,牧民们都早早进入了梦乡。可吴天一的住所,依然亮着灯,因为他还在学习门巴语呢!

他这个语言上的天才,恰如鲁迅说的,是把别人喝咖啡的工夫用在了工作上。他常常利用别人休息的时间,加班加点地为自己"加油"。

"没有牺牲,哪有收获?"这是吴天一常挂在嘴边的一句话。

学医如此,搞高原病医学研究如此,学语言也如此,他是一个做什么事都愿意全力以赴、做到最好的人。

一九九二年,在日本举行的第三届国际高原医

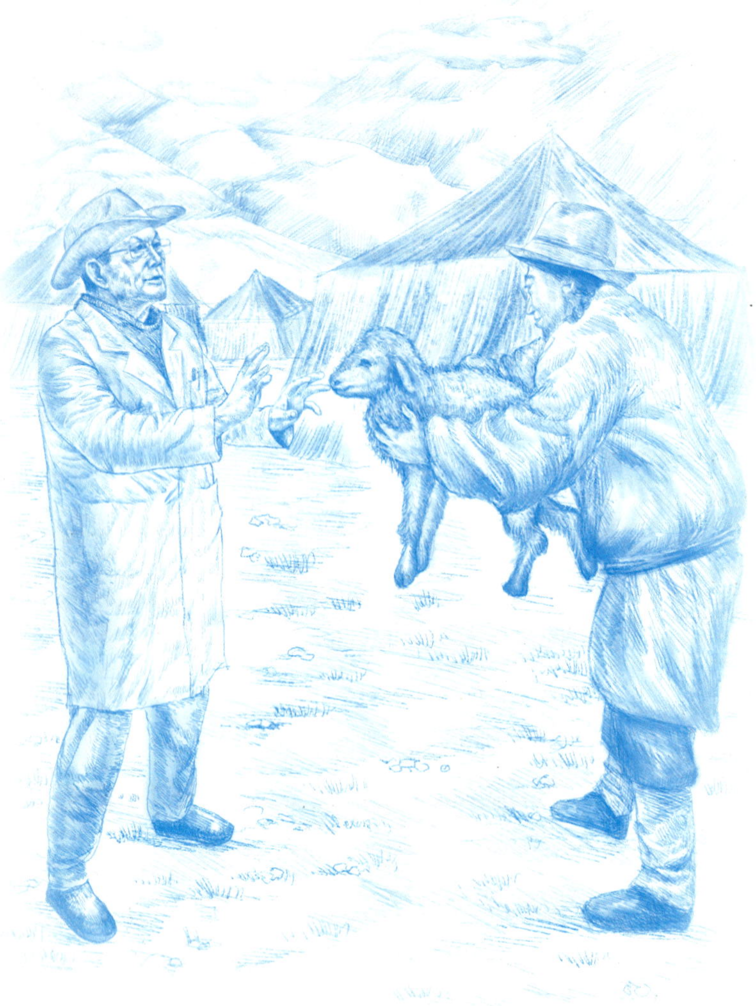

学会上，吴天一的发言被排在比较靠后的位置，中国代表明显没有得到国际高山医学协会的重视。可是，吴天一不气馁，他利用自己的语言优势，依靠十万份高原病田野调查数据，用洪亮的声音，清晰、严谨又充满激情的演讲，征服了在场的每一个人，使得国际高原医学研究专家不得不对他刮目相看，对中华人民共和国的高原病医学研究刮目相看。最终，他被国际高山医学协会授予了"高原医学特殊贡献奖"。

在获奖的那一刻，他激动地说："我是青藏高原的儿子，这个奖，其实是奖给千千万万在青藏高原上生活的同胞的！"

那一天，他在日本仰望着头顶的蓝天白云，不禁想到了自己远在美国的年迈的父母，他在心里轻轻对父母说："自古忠孝不能两全，我留在青藏高原，为祖国的高原病医学做出了贡献，我为祖国尽忠了，可惜，我不能陪伴在你们身边，不能为你们尽孝，请原谅！"

吴天一院士，这位医学上的勇者和智者，在接受记者采访时，常常会在普通话中冒出一串串藏语、英语、俄语和日语，尽管已近鲐背之年，但他的思维还是像少年人一样敏捷、活跃。他还跟人打趣："我小时候的名字叫依斯玛义·赛里木江，后来我发现，在乌鲁木齐街头，开了好几家'赛里木面馆'。我声明一下啊，那些面馆可不是我开的，哈哈哈……"

当央视《面对面》栏目组来采访吴天一时，吴天一曾说过这样的话：

"高原给了我一生，因为青藏高原是世界上海拔最高的高原，而且有最巨大的高原人群，我可以对他们进行研究。所以，我在国外做很多学术报告的时候，我的腰板儿很直。为什么？我说了两句英文：'The mountains are here, the population is here!'什么意思呢？'高山在这里，研究的人群在这里！'你们有没有？他们没有，他们不可能有青藏高原，别的高山也没有这么高的。所以我二〇〇一年评院士，一次性就通过了。我的成果源自高原，源自高原人群的研究，十万份血样，这是一个巨大的贡献呀！所以我认为，青藏高原是我事业的根，也是我生命的根!"

一个选择走一生,辛苦而幸福地走下去,这就是吴天一这个勇者和智者对自己这一生的总结。

驰援玉树

二〇一〇年四月十四日七时四十九分,青海省玉树藏族自治州玉树县发生七点一级地震,此后余震不断,地震造成大量人员伤亡和房屋倒塌。

当吴天一听到这个消息后,他第一时间就冲到了省卫生厅分管副厅长的办公室,要求带队去玉树县治病救人。

"这个……这个……"厅长很为难,因为当时吴天一已经七十五岁高龄了,他怕吴天一去玉树不安全。

副厅长不好直接拒绝吴天一的请求,便说:"您呢,是我们青海省的第一位院士,是我们青海省的'国宝',您能不能去玉树,我还当真没有资格批准呢！这样吧，我和您去向分管副省长请示一下！"

"好，我去！"吴天一听副厅长这么说，立刻直奔副省长的办公室。

副省长一见到吴天一便什么都明白了："我知道您想去玉树，但您都七十五岁高龄了，我担心……"

不等副省长把话说完，吴天一便打断了他："玉树发生地震，我从事高原医学研究，我必须去！而且现在就走！请你看一下，车在下面等我。"吴天一说着，指了指窗外楼下的一辆中巴车。

吴天一斩钉截铁的话语，让副省长对眼前的这位老人既敬佩又心疼。副省长说："到玉树地震现场救援很辛苦的，您这么大岁数了，我心里过意不去啊！"吴天一答道："你放心，没事。"

"好，您去吧，我知道我横竖也拦不住您！吴院士，您可要千万千万保重自己的身体呀！"副省长说着，紧紧握住了吴天一的手，"谢谢您！我替玉树人民谢谢您！"

吴天一却来不及多说什么，随即冲下楼，跳上了去玉树的车子——他在前来主动请缨时，早就把行李和助手都带来了。也就是说，他是下了坚定的决心要去地震灾区做救援工作的。

吴天一率领十四人组成的高原病防治专家组，经过十几个小时的颠簸，于四月十六日上午到达玉树，成为最早到达玉树灾区的高原病防治医疗队。

到玉树后，吴天一医疗队在玉树体育场驻扎下来。七十五岁高龄的吴天一，顾不上休息，甚至顾不上喝水，立刻就投身到抢救伤病员的医生行列之中。他驱车来往于十七个抗震救灾工作点，每到一处，吴天一都要爬上废墟，走进挖掘点，进入简陋帐篷，为参与救灾的部队、消防官兵、医疗队队员讲解高原疾病预防知识，现场参与和指导急性高原肺水肿的抢救治疗。他每天早上五点就起床工作，先后走进灾情最重的上拉秀、禅古、扎西科等乡村，一直到晚上十一点才拖着疲惫的身体回到帐篷。在震后三天内，吴天一为将三千多名重伤员全部运出灾区立下了汗马功劳，并且成功抢救了三十六例高原肺水肿患者，协助卫生部制定了"玉树地震高原病防治规范"。他还发挥精通藏语的优势，对灾区群众进行心理疏导。

可他根本不肯享受专家的特殊待遇，甚至都不愿意进帐篷休息。累了，他只在医疗车上躺一躺；饿了，他和小战士们一样，只吃方便面充饥。

他拖着嵌有十几厘米长的钢板的伤腿，日夜奔波在灾区第一线。他那瘦小的身躯，却像一把熊熊燃烧的大火炬，走到哪里，都温暖着受灾群众和救援者的心。

吴天一不仅用自己丰富的医学经验治病救人，还用自己传奇的人生故事，来对伤员进行"精神疗伤"。

许多人因地震骨折，他跟伤者讲述当年做高原病大调查时的经历："那时我出了很多次车祸，最严重的一次是到海西经过橡皮山。那天下小雪，司机从柏油路到沙路没有换挡，开太快，一下就从山顶翻到山下。当时恰好有车经过，我从车里爬出来，身上都是血。山上的人看到我，喊了一声'还有一个活着'，连忙下来把我们抬了上去。那次我左边四根肋骨、肩胛骨、两条腿都断了，髌骨也粉碎性骨折……啊，骨折真是痛啊，但是人的骨头再生能力是很强的，后来我的这些骨头大部分都长好了！人家说'伤筋动骨一百天'，我休息了一百零六天，就又骑马带队去考察了，因为时间宝贵啊！我至今还记得，那时骑在马上，刚刚长好的骨头还很痛呢！但慢慢地，我就不再痛啦！瞧，现在我走得多好，我都七十五岁啦！"在玉树灾区，吴天一的善解人意让他成为最温暖人心的医生，最受人欢迎的医生。

吴天一的助手更登至今依然清晰地记得他们医疗队赶赴青海玉树参与抗震救灾的经过："吴院士带着我们，于二〇一〇年四月十五日傍晚七点多钟从西宁开车出发，连夜赶路，第二天上午九点多钟到达玉树，吴老带着我们立即投入了救援治疗，和我们一起争分夺秒奋战在废墟间。第一天晚上，大家的晚饭就是方便面，吴老和大家都在汽车上睡了一宿。第二天，玉树体育场搭起了高低板床，我睡上铺，吴院士睡下铺。就这样，吴院士和大家一同在灾区奋战了整整七天。"

从玉树回到西宁后，吴天一顾不上休息，很快就在省卫生厅的支持下，组织了一场玉树地震灾后重建卫生保障及高原病防治的课题会，征集到来自国内外的数十篇高质量论文，为玉树灾后重建的卫生保障提供了精准、及时的科学支撑。

据吴天一的老伴回忆："从玉树灾区回来后，吴天一衣裤都脏得不成样子了，人也整整瘦了一圈，走路时脚步也更加蹒跚了，但他很欣慰地跟我说，幸好他去了，他不仅救治了三十六个患有肺水肿、脑水肿的病人，协助大家将三千多名重伤员送出了灾区，而且也向全国各地前来驰援玉树的解放军、记者们推广了高原病知识。他这个人，无论走到哪里，他的高原病医学研究，都是他心中的'第一位'！"

"我这么热爱高原病医学研究，你吃醋吗？"有时，吴天一开玩笑地这么问妻子。

"我吃什么醋呀？我很自豪，你能一辈子坚持这样一件事！"

"谢谢你，我的军功章里，有你的一半啊！"吴天一动情地对他的妻子说道。

"谢什么？你选择了高原病医学研究，而我选择了你，咱们俩都无怨无悔呀！"

是的，无论是外出调研，外出开会，还是外出救灾，吴天一一走少则十天半个月，多则要半年或八九个月，要是没有妻子全心全意的支持，做他坚强的后盾，那么，吴天一也很难成为高原病研究领域的世界级专家。

一部八斤重的书

"哈哈哈,我称了一下,吴院士送给我们的这本书,有八斤重呢!"

"一本书,竟有八斤重,吴院士也太了不起啦!"

"如此高龄,还写出了八斤重的书,佩服佩服!"

二〇二二年春节,在吴天一的战友冯奎的家里,传出了一阵阵欢声笑语,大家围着一本书,无不发出由衷的惊叹。

这本书,就是《吴天一高原医学》,由湖北科学技术出版社出版,共三百四十万字。该书第一次印刷时用的是七十克胶版纸,特别厚,重达十多斤，第二次印刷时改成了字典纸，要薄一些了，没想到还有八斤重。

为了写出这本重达八斤的书，耄耋之年的吴天一先后花了四年时间。他眼睛不好，早在五十多岁时就做过白内障手术，后来又动过几次手术。但是，惜时如金的他，术后总会想方设法提早用眼。怎么用呢？在双眼还包着纱布的时候，他会偷偷拿掉一只眼睛上的纱布，看一会儿书，用一下电脑，然后，把这只眼给包上，再拿掉另一只眼上的纱布，偷偷看一阵资料，又换另一只眼睛……

他就用这种"轮流用眼法"，把自己的书稿往前推进了几十万字。

央视记者在采访时曾说："吴老，您老年纪都这么大了，还这么拼，是不是太'作'啦？"

"是啊，不'作'，哪做得出那么多事啊！年纪越大，越感到时间可贵，越舍不得浪费时间啊！"

所以，吴天一早上五点就起床扑在电脑上"上班"，一直要到中午十二点老伴喊他吃饭，他才肯歇一歇。到了下午两点，他又"上机"了，一直要忙到五点半吃晚饭时才稍事休息，然后晚上又继续忙碌。直到晚上十一点,老伴来关他的电脑,他才恋恋不舍地去上床休息。

多少年的岁月,吴天一就是这么"作"过来的。要么是外出采风、调研、开会、做学术交流,要么就是在办公室、在家一心扑在学术研究上。

在别人看来,他为祖国和人民做出了极大的贡献,其成就和荣誉早已登峰造极。本来,他完全可以好好"躺平"安享晚年了。可他还是一刻不停地"作"啊"作",谢绝了很多人际交往,谢绝了很多采访,谢绝了很多享受荣誉、享受掌声的机会,像少年时躲起来学习那样,尽量躲起来,躲进自己的医学研究里,躲在自己正在编辑、撰写的著作里,躲在自己不断攀登科学巅峰的脚步里、汗水中。

三百四十万字的作品,就是这么一点一滴地累积起来的。

吴天一自己说:"这本书,是顺其自然写下来的,因为我心里对高原病很清楚!"

听吴天一的讲述,仿佛这本书的创作十分轻松。但是,如此大篇幅的作品,如若仅仅在电脑里打一遍,也几乎要累折人的手臂呢,耄耋之年的吴天——一个字一个字地把它写出来，怎能不累？

他之所以能写得那么自然，完全是因为他的一生都在为写这本书做准备。从年轻时立志从事高原病学研究以来，他所收集的每一份田野调研资料，他所做的每一个医学实验，他为牧民们诊病所得的每一份经验，还有他在医学上的每一点思考、每一种创新，无不化为他胸中奔涌不息的医学才情，无不化为他笔下滔滔不绝的文字源泉，无不化成他为中国高原医学留史的无穷动力。所以，他才能夜以继日、"顺其自然"地写啊写，用他那装了起搏器的心脏，用他那装了人工晶体的眼睛，用他那曾经骨折了无数次的身体，在九十岁的门槛边，完成了这本八斤重的大书。

这本八斤重的大书，是一本凝结了吴天一六十多年来在高原医学研究领域的研究成果和学术思想的书，它从语言学、人类学、考古学和分子生物学等多个角度，全面系统地论述了高原医学的理论与实践，为高原医学领域的后续研究提供了宝贵的资料和指引，对高原卫生保障工作具有非常重要的价值。

更桑是青海省海南藏族自治州人民医院的年轻医生,自从吴天一院士把《吴天一高原医学》这本大书送给他后,他看病都是参照这本书。因为海南藏族自治州是著名的旅游胜地,到这里旅游的人很多,生病的人也很多,更桑医生在《吴天一高原医学》的指导下,给这些人看病,可谓是"战无不胜"!

更桑医生很快就成了海南藏族自治州的名医。为此,他很感激吴天一。

"吴院士,太感谢您啦!您是我这辈子遇到的最好的恩师!"更桑常打电话给吴天一表示感谢。可吴天一总是谦逊地说:"你不用谢我!倒是我要谢谢你,谢谢你活学活用,救治了那么多高原病患者,实现了我这本书的价值!"

青海人民出版社的编辑田梅秀这两年正在给吴天一做口述史,与吴天一接触得越多,她越是敬重、喜爱这位耄耋老人。

田梅秀向他人讲起吴天一的故事时,常讲得热泪盈眶,因为吴天一的事迹太感人了。

当田梅秀拿着较轻的新版《吴天一高原医学》

去请吴老签名时，吴老还是第一次见到这种版本的新书，竟高兴得两眼放光，要把自己珍藏着的那十多斤重的版本与田梅秀带去的新版本交换。田梅秀见吴老那迫切的样子，忍不住感叹："吴院士，您太有童心啦，有时，您简直就是一个纯真的孩子！"

吴天一忍不住笑了："赤子之心，谁都应该保持啊！"

随着相处时间的增多，凡遇到好吃的、好玩的，田梅秀总会想到吴老，甚至外出时看见原野上的小花，也会为吴老摘几朵送过来。

"吴老这样的人，太有魅力啦！我们太爱他啦！"这是田梅秀的心声，也是无数与吴老接触过的人的心声。

《吴天一高原医学》出版后，获得了中国出版政府奖提名奖，大家更是对它好评如潮，这大大鼓舞了吴天一著书立说的信心。

二〇二三年夏天，由吴天一主编的《高原与肥胖及糖尿病》在青海西宁正式发布。该著作在世界范围内首次系统提出"高原减肥"学说。全书分为十六篇六十五章，共十二万六千余字，引用了五百一十二篇文献，为高原康养打下理论基础，并用来指导实践应用。

这是继《吴天一高原医学》出版发行后，吴天一院士在高原医学领域的又一著作。

"当今肥胖和糖尿病正肆虐全球，成为威胁人类健康的因素，然而在世界上的高原人群，包括北美的落基山脉、南美的安第斯山脉、亚洲的青藏高原人群中，他们的肥胖和糖尿病患病率都较低，这绝不会是偶然。"吴天一说，"研究发现，海拔每增高一千米，肥胖风险就降低百分之六，这是高原低氧习服起了重要作用。此外，研究还发现青藏高原藏族人民糖尿病的发病率最低。"

吴天一表示，学术界普遍认为高原缺氧对人体有害无利，但实际上，高原缺氧在某些方面对人体健康有利，如高原训练可以锻炼运动员的耐力、高原长寿区是世界最主要的长寿区等。

吴天一的这一研究成果，又为高原医学研究揭开了新的篇章。

桃李满天下

"伟大的时代、伟大的国家、伟大的党赋予我们这样的责任与使命,我们才能为国家做出相应的贡献。"在青藏高原奋斗了六十多年、奉献了六十多年的吴天一,对党、对祖国、对时代始终怀有感恩之心。

青海省心脑血管病专科医院中心实验室副主任刘凤云,曾是吴天一的助手。如今,她常跟刚入院工作的年轻医生回忆吴天一的杰出贡献:"五年时间,十四万青藏铁路的建设者,没有一人因高原病而死亡,这确实是高原医学上的一个壮举,吴院士对青藏高原的建设事业,贡献特别大!"

对此,吴天一说:"要建设青藏高原,首先要解决人到高原的适应问题,只有适应了,才能劳动。造青藏铁路,我最担心的也是筑路大军的适应问题,他们基本上都是在海拔四千五百米以上的生命禁区工作,我要义无反顾地为他们的生命安全负责。最后,青藏铁路建成了,他们一个都没少,我很欣慰!"

展望未来,吴天一说:"搞高原医学,没有奉献精神是不行的。我现在年纪大了,就是要带好我的团队,培养好年轻人!"这是吴天一最近几年常常挂在嘴边的话,也是时时刻刻践行的话。像更登、王晋、刘世明,在吴天一的悉心指导下,如今都成了高原医学研究方面的专家。

刘世明永远忘不了这样一件事。那时,刘世明和吴天一一起去北京开会,两人同住一间房。"晚上吴老冲完澡,我再进去冲,却发现水冰冷,这才知道热水器坏了。"当时二十来岁的刘世明冻得直打哆嗦,而吴老却不以为意地说:"需要热水吗?我常洗冷水澡健身啊!"那时,吴天一已年届花甲。刘世明这才恍然大悟:吴老的体格不是一天练成的,同样,他医学上的成绩,也不是一天取得的。

尽管很多人认为吴天一是天赋异禀，但跟随吴天一从事了三四十年高原医学研究的刘世明最清楚，就像常年坚持洗冷水澡一样，吴院士所有的医学成就，也是靠吃苦耐劳获得的，是靠几十年如一日的坚守获得的。学生和助手们不仅跟随吴老学医技，也跟随吴老学做人。刘世明说，吴老带给他的精神财富跟医学知识一样丰富。他永远忘不了跟吴老一起下乡时，牧民们团团围着吴老的情景。他说，吴老对牧民们总是那么热心、耐心、尽心。

青海省心脑血管病专科医院副院长王晋也是吴天一的学生。他表示："高原医学研究的核心就是人类如何适应高原低氧环境，吴天一院士带领的科研团队，充分利用世界上最优越的高原缺氧天然试验场这一难得的优势，长年投身科学研究，六十多年来不断推动高原医学研究取得长足的进步和发展。"

王晋说："吴天一院士对我们这一代乃至下一代人的成长都起到了积极的榜样作用。我们最应该学习的，是他对高原医学研究的执着和坚守，毕生致力于科学研究、矢志不渝追求真理的探索精神，一生只做一件事的初心和使命。"

更登二十来岁时就跟随吴天一进行高原病田野调查，他一生最敬爱的人，就是吴天一老师。

更登经常跟他的学生、助手说："我们要向吴院士学习的地方太多了。我跟随他四十来年了，但还没有学够。吴院士即将九十岁，但还像年轻时一样激情满怀、豪情万丈，他那颗火热的事业之心、奉献之心，他那满腔的爱民之情、爱国之情，他那永不停歇的奋斗精神、勤学精神，永远值得我们每一个人学习！"

吴天一，在他的学生和助手心目中，就像一把火炬，总在燃烧自己，照亮和指引着别人。

其实，吴天一还真的做过一次火炬手呢！那是二〇〇八年六月二十四日，吴天一高擎火炬，在西宁市中心广场起跑，北京奥运火炬接力西宁站传递正式开始。象征着和平、友谊、光明的奥林匹克圣火来到了古丝绸之路南路和唐蕃古道的必经之地。火炬大道两旁有由青海五大主体民族构成的表演方队，他们手持哈达，用优美的舞姿，目送吴天一开始火炬传递。"我是一名奥运火炬手,能在青海高原托起'祥云',我很自豪。"年逾古稀的吴天一这样说。半个多世纪以来,他将一朵又一朵生命的"祥云"传递到无数牧民和建设者的手中,他是当之无愧的"高原之子",由他代表青海传递第一棒火炬,是真正的众望所归,青海人民都感到由衷的自豪!

"能做吴院士的学生和助手,能从他手里接过高原医学研究的接力棒,和他一起培养更多的高原医学人才,我感到非常荣幸!"王晋曾如此说道。

在青藏高原奋斗一生,吴天一不仅留下了一个又一个英雄传说,留下了三四百万字的医学专著,更培养了一茬儿又一茬儿的学生,用自己的人格魅力影响了无数人。

二〇二一年三月,中国工程院官网显示,吴天一共培养十二名博士、一名博士后、五名军队领军人才。这些学生,无不把自己的老师当成楷模,当成榜样。

"没有牺牲哪有收获!"这是吴天一的价值观,如今也成了他的学生们的座右铭。

"一个选择走一生,我是青藏高原的儿子,与青藏高原建立了血肉关联,我的事业在青藏高原上,我很幸福!"这是吴天一的幸福观,如今也影响了越来越多的年轻人。

"我都八十多了,我还想为青藏高原做更多的事,我不能歇了!"这是吴天一的时间观,如今也鞭策着更多的研究者、创业者努力向前。

"青藏高原的乳汁,是培育人才的甘露,青藏高原就是我们的母亲。青藏人民正展开双臂迎接你,你的事业就在这里。亲近大地,走进生活,你一定会成功!"这是吴天一在青海卫生职业技术学院"开学第一课"上对"〇〇后"莘莘学子的寄语。

这位年近九旬的老人,腿部有伤,走路蹒跚,心脏慢性缺氧,装有心脏起搏器,浑身上下都是病痛,可每次演讲他都坚持站着,讲稿也都是他亲自写的。他的演讲激情澎湃,恰如其人,犹如高原上的风,呼啦啦吹过学生们的心头,把年轻人的心吹得火热火热的。

"挺好,有了它,我还要继续跟高原病较劲,较一辈子劲。"那年,吴天一装上心脏起搏器时,曾如此说道。

如今,又一个新年来临,二〇二四年,就要步入九十岁的吴天一,毅然带着他的团队,继续攀登着高原医学的高峰。他直言,高原医学研究的"无限风光"在崇山峻岭之间,只要事业需要,他将随时背起行囊和年轻人一样奔赴险峰。

感动中国，步履不停

二〇〇一年，吴天一当选为中国工程院院士。

二〇一九年，吴天一被聘为中国医学科学院学部委员。

二〇二一年，吴天一获得"七一勋章"。

二〇二二年，吴天一入选"感动中国2021年度人物"名单。

二〇二二年，吴天一被聘任为青海民族大学"首席科学家""双聘院士""终身教授"……

二〇二一年六月二十九日上午，"七一勋章"颁授仪式在人民大会堂隆重举行。吴天一在女儿吴璐的搀扶下，用他的伤腿，努力迈着军人的步伐走向舞台中央，接受来自党的最高嘉奖。

说起自己的父亲，女儿吴璐嗔怪道："我老爸从来不听劝，总是把日程安排好后，'通知'我们他要到哪里去。这几年，随着老爸年龄的增长，再加上身体多处骨折，我总劝老爸停下来，可即使'翻脸'，也劝不住。"

吴天一如此回答女儿："提高高原人民健康的工作，还有很多等待着我们去做，我将把我的一生奉献给高原医学事业。"

吴天一不仅为高原医学奉献了自己的一生，他的女儿、外孙，也都跟他一样，扎根在青藏高原，以他为"旗"，努力为高原奉献自己的青春与智慧。

在吴天一获得"感动中国2021年度人物"时，青海省卫生健康委员会的李晓东曾向全国人民如此介绍吴天一："吴天一院士是新中国第一代少数民族大学生，大学毕业之后到现在六十多年，一直在青藏高原工作，推动了我国高原医学从无到有、由弱变强。"

"当时高原病在我国医学研究领域尚属空白，在超过半个世纪的高原医学研究生涯中，不畏艰险、严谨治学的求学精神，使吴天一院士成了一名真正的高原人。"李晓东深情地回忆。

能够扎根在青藏高原、投身于高原医学研究，除了坚定和坚守之外，李晓东认为，还有吴天一院士为人民服务的初心、矢志报国的信念、求实进取的追求和甘于奉献的品格。在漫长艰辛的奋斗历程中，吴天一院士用脚丈量大地，用心服务人民，用科学报答祖国，用最真实的经历和最昂扬的精神践行了一名共产党员的初心使命，展现了一名高级知识分子赤诚的家国情怀，诠释了一名医生敬畏生命、救死扶伤、甘于奉献、大爱无疆的崇高职业精神。

王晋说："就像吴天一院士所说，年轻一辈生在伟大的时代、伟大的国度，拥有伟大的使命和许多建功立业的机会，更应该珍惜这些机会，投身于伟大的事业中。"

"感动中国2021年度人物"组委会给吴天一的颁奖词是这样的："喝一口烧不开的水，咽一口化不开的糌粑，封存舍不下的亲情，是因为心里有放不下的梦。缺氧气，不缺志气！海拔高，目标更高。在高原上，你守望一条路，开辟了一条路。"

"呀，我们都在电视上看见你啦！这下子，全中国没有人不知道你吴天一了吧？"吴天一获奖归来后，老朋友贡拉打电话向他表示祝贺。

吴天一却说："你在院子里准备好帐篷吧，我想到你这里来喝喝奶茶，吃吃糌粑！"

这是吴天一的老习惯了，在青海生活了六十多年，他已经深深爱上了青海的一切。无论获得多大的奖项，被授予多高的荣誉，他始终不忘初心，不失本心，始终怀揣着一颗真心、一颗红心，只愿这颗心跟青海人民、青藏高原贴得近些，更近些！

这位高原医学研究上的巨人，始终心如少年，始终心系着帐篷、奶茶、糌粑和那些在马背上的奋斗岁月！他始终想着，要怎么多为青藏高原服务，多为祖国建设做贡献。

前几年，吴天一带领团队在珠穆朗玛峰海拔五千米左右的地方建成了一个医疗急救站。他说："之前外国人在尼泊尔建了两个医疗站，我们这里还没有。我们这个医疗急救站投入使用后，将来每年可为预计十二万名登山者、科考者、旅游者、商人等提供医疗服务。"

如今，一条难度更大、地质条件更复杂的进藏"天路"——川藏铁路正在建设之中，从成都到拉萨，累计爬升高度达一万四千米。青海也将加快建设世界级盐湖产业基地、三江源国家公园……哪里有建设，哪里就需要医疗保障，年近九旬的吴天一依然不愿停下脚步。

他将永远步履不停地行走在青藏高原上，在中国大地写下更感人的诗篇。

二〇二二年三月三日，在"感动中国2021年度人物"的颁奖会现场，主持人白岩松问吴天一："您还要继续前进，您还有什么样的目标要去完成？"

吴天一用铿锵有力的声音回答道："川藏铁路现在正在修建，每年有十万人参与其中，所以中铁公司、国家卫健委还希望我把经验贡献到川藏铁路的建设中来！"

白岩松又问："别人八十六七岁的时候，都在休息养老，您好像从来没想到休息这件事吧？"

"因为一个人的生命很短，能够工作的时间也很短！"吴天一继续铿锵有力地说道。

"八十岁以后,您到达的最高海拔是多少呀?"

"海拔六千四百米。我是哪个地方高,就到哪个地方去!哪个地方最能反映原生态,我就到哪个地方去。因为这样取得的资料,受其他因素的干扰比较少,可以真正反映高原低氧环境对人类的影响!"

当白岩松问起他安装心脏起搏器的事时,吴天一淡然一笑,说道:"我装心脏起搏器整整二十年了,我是医生,我知道这个起搏器装了以后,不会影响我的思维和我的工作。我的心脏工作是正常的,我的脑循环也是正常的。"

白岩松又问:"大家一提到高原工作就会觉得辛苦,但是六十多年一转眼就过去了,您有幸福的感觉吗?"

吴天一把双手一挥,激动地说:"为什么叫我马背上的院士?我几十年都在海拔四千米左右的地方工作,我跟青藏高原建起了血肉联系,这感情是非常深的,是真实的!这也是我事业上真正的幸福感!"

听到这里，白岩松深深地向吴天一鞠了一躬，然后说道："谢谢您！谢谢！谢谢！"

是啊，我们都要感谢这位马背上的院士、青藏高原的骄子、塔吉克族的雄鹰、青藏铁路十四万筑路大军的"保护神"、中华民族的好儿子，感谢他在离天最近的高原，为一件事倾尽全力，在生命健康这样天大的事情上，一心一意，为高原上的人民造福，将自己活成了一个美丽的传说，为无数年轻人树立了最好的人生榜样！